瑞蘭國際

瑞蘭國際

24道最經典╳最好吃╳最好做的韓國家常菜

英姬好料理

裴英姬　著

FUN生活編輯小組　攝影

用料理包融韓語的學習經驗

　　這世界，因多樣而美好！人類，因各地的不同發展，而有不同的風俗習慣、信仰、服裝、料理和語言。拿名稱來說，在東方，駱駝就叫駱駝，但是在阿拉伯文裡，駱駝有400多種名稱；在東方，咖啡的名稱只有幾個比較常用的，但在義大利，則數不完；在台灣，水餃、包子、饅頭、湯圓、水煎包、鍋貼等，完全不一樣，但在國外，它們只有一個家族總稱就叫dumpling。由此可見，我們的語言深受地方、文化、飲食以及生活方式等影響。

　　要學習某個語言，最快、也最有趣的方法，就是從它的文化著手，因為語言是離不開文化的。文化有很多層面，它包含有歷史、宗教、風俗，以及日常飲食習慣等。理所當然的，其中以飲食習慣最容易被了解，因為我們天天都要吃三餐。而且人人都可以很本能、直接、自動地做出與我們自己飲食習慣的對比，這並不需要高深的研究，童叟都能說出感受！

　　因此，透過飲食習慣的分析，而來學習某個民族的語言，實在是個既有效又有趣的方法：因為料理人人都很容易了解所以有效；因為可以既輕鬆又有效地學習所以有趣！

　　某個民族的飲食習慣與它的日常生活和思維分不開！比如台灣人的廚房，只有兩個大小相同的爐座，而義大利人卻有四個大小不同的爐座，這與飲食習慣有關。西方人用平盤刀叉，東方人則使用碗筷，這也是與他們的飲食習慣息息相

關的。在美國人家裡，可以看到各
式各樣的馬克杯，而在義大利人家
裡，卻一個都沒有，只因為他們品
嚐咖啡的方式很不同。

就是因為上述的觀念，我從外
語教學和美食學的角度，非常欣賞
裴英姬老師所編寫的教材《英姬好料理：24道最經典、最好吃、最好做的韓國
家常菜》。本書透過韓國家常菜的簡介，幫助讀者吸收極具實用價值的日常生活
韓語，以及讓料理成為了解韓國文化的管道。而且，因為她在食譜裡的所用的食
材，在臺灣都能買到，因此讀者也能透過實際操作，一舉兩得地完成一個用料理
包融韓語的學習經驗。

Giancarlo Zecchino

（江書宏）

www.sialifood.blogspot.tw

循著料理
聯結更深的韓國因緣

　　這是裴英姬繼《愛上韓語閱讀》之後再一次別出心裁的韓語教材。前一本她透過歷史文化的知性，讓學習韓語變得深刻，而眼前這一冊，則又創造另一種趣味，經由眼看、舌嘗、鼻聞、手做韓國料理，營造出日常韓語的立體語感。

　　英姬與臺灣的因緣很戲劇性，她為臺灣人的韓語教材創新，更是心思感人的故事。我認識英姬是在2009年，那年她剛在臺大獲得歷史學碩士學位，但本來短期幾年的留學計畫卻因為奇特的人生羈絆而被打亂，不僅決定在臺灣長居，也決定邁向專業韓語教學之路。2009年我也為了閱讀朝鮮殖民史料而隨英姬學韓語，正好也目睹她努力設想怎麼教好韓語的過程。

　　英姬研究中韓交流史，兩種文化的交流本是興趣所在，所以很早就在思考如何跳脫刻板教材的窠臼。我的韓語學習班因為時間零碎、難以遵循正規進度學習，因此英姬不時為我們設計新的教法，包括跳級直攻艱澀古籍的史料讀解，以及這本書的料理實作教學。我本受過烹飪證照訓練，在廚藝精巧的英姬指導下更是成效加倍，例如떡볶이（辣炒年糕）課程一次便學了單語文法、食材文化、快炒訣竅，至今仍印象深刻經常下廚複習，是進入韓語生活語境十分有效的一場體會。

　　英姬編寫料理教材的時機，也及時反映了臺韓飲食交流的潮流。2009年正好也是韓劇《大長今》在臺灣熱播之時。李英愛飾演溫和堅定的御醫，展示的雖是宮廷料理，蘊含的卻是深植北國生活的醫食同源思維。我多次品嚐英姬及她母親親製的김치（泡菜），總會順便聽她顯露在辣椒粉末之中的驕傲，這道

韓國家家戶戶的日常食物，起因或許是迫於青蔬難以生長的酷寒氣候，但底蘊更是順應自然而生的了不起文明。

大長今韓食熱潮，與英姬的教學轉向，乍看是時間的偶然，卻明確印證英姬積極尋找教學契機的必然。本書示範的24道日常料理，彷彿就像在轉換《大長今》的場景到讀者的廚房與書桌，由感官直接感受韓國的生活與生命。

其實，2009年還讓我聯想另一部飲食電影《美味關係》（Julie & Julia），年輕女孩Julie每日跟著傳奇作者Julia Child寫於50年前的法國菜經典食譜照做一次，一年之間竟爾神奇融結了Julia隨夫駐使巴黎的心境與文化。看著《英姬好料理》，彷彿就在複習英姬如何與她的日裔夫婿在臺灣相識、結婚、生育、定居的奇妙旅程，以及如何費盡苦思寫出這樣一本有情有味的別緻教材。

食物或食譜，是英姬邀請各位有緣的朋友精進韓語的一扇窗。敬請各位讀者，循著這本書的料理而能在未來聯結更多的韓國朋友、更深的韓國因緣。

蘇碩斌

서

일 년간 대만에서 중국어를 배우려고 왔는데, 어언 10년이 넘는 세월이 흘렀다. 중국어를 배우고 대학원을 다니던 기간 동안 줄곧 기숙사 생활을 했기 때문에 한국 음식이 그리우면 기숙사에서 쭈그리고 앉아 몰래 고추장 몇 배 넣은 매운 떡볶이를 해 먹는 게 낙이었다. 결혼을 한 후 가장 행복했던 것은 '내 주방', '내 공간'이 생겼다는 것이었다.

스트레스를 받을 때마다 자주 해 먹던 떡볶이를 한 과정 한 과정 사진으로 담아 한국어 수업 시간에 단어를 중심으로 학생들에게 알려주었다. 학생들의 눈은 그 어느 때 보다 초롱초롱하게 빛났고, 수업 시간에 직접 만들어야 한다며 호들갑이었다. 그 후 부침개, 잡채, 김치 등의 음식을 수업 시간에 한국어 수준에 맞게 교재를 만들어 소개해 주게 되었다. 나도 즐겁고 학생들도 신나게 하는 한국 음식 수업시간이었다.

한식을 배우고 싶어하는 사람들과 요리 방법을 함께 고민하다가 그 가짓수가 차곡차곡 쌓이게 되었다. 이 책의 특징이라면 내가 한국에서 먹고 자란 한식과 그 짓는 방법이 주가 되어, 그 요리 방법을 중국어뿐만 아니라 한국어로도 소개한 것일 것이다. 평범한 한국 집 밥에 관심이 있는 사람뿐만 아니라 한국어를 공부하는 분이 이 책을 본다면 여기 소개한 단어로 직접 인터넷 검색을 통해 원하는 각종 요리 방법을 응용할 수 있도록 준비했다.

이 책에서는 한국 음식에서 빼 놓을 수 없는 김치 두 종류를 소개하고 있다. 늦가을에서 초겨울, 한국은 집집마다 겨울을 대비해 김장을 담그느라 분주하다. 이웃들이 함께 모여 돌아가며 서로 김장을 도와주는 '김치와 김장 문화' 풍습은 2013년 유네스코 인류무형문화재로 등재되었다. 이와 함께 2014년부터 한국 정부가 야심 차게 준비하고 있는 '한식과 한식 문화' 유네스코 인류무형

문화재 등재 추진 또한 한식의 우수성을 세계에 알리는데 중요한 역할을 할 것으로 보인다. 이미 한식의 중요성을 인식한 예로, 240년의 전통을 지닌 북유럽의 한 유명 도자기 회사에서도 최근 한식기를 전 세계에 선보이며 좋은 호응을 얻고 있다. 이 책에서 소개하는 한식은 한국에서 가장 보편적이며 외국인들도 즐겨먹는 음식으로 골랐다. 한식의 맛과 색채, 그리고 문화의 의미까지 독자들에게 고스란히 전달되기를 간절히 바란다.

전문가도 아니면서 요리책을 내는 이유는 이곳 대만에서도 이곳의 재료와 평범한 요리법으로 맛있는 한식을 만들 수 있다는 것을 말하고 싶어서이다. 이 책을 만들면서 특히 감사 드리고 싶은 몇몇 분들 중 먼저는 이탈리아 요리 선생님 Giancarlo Zecchino와 臺灣大學 臺灣文學硏究所 蘇碩斌 교수님이 계시다. 이 두 분을 보며 나는 요리라는 동일한 주제를 통해서 '삶의 여유 있는 태도'에 대해 배웠다. 이 책에 추천 서문까지 친히 써 주셔서 정말 감사 드린다. 또한 한국 생활에 익숙한 박희선 씨와 나는 한식 요리법에 대해 이야기하고 요리도 하면서 바쁜 생활에 누적된 스트레스를 '해소' 한다. 출판 과정 내내 망설임이 끊이지 않았지만 항상 세련된 눈썰미와 조언으로 내 마음을 일깨워주는 瑞蘭國際 王愿琦 社長과 귀엽고 깜찍한 Megu 씨, 유창한 한국어의 반치정 편집인의 도움과 격려로 이 책을 완성하게 되었다. 다시 한번 감사드린다.

마지막으로 솜씨 좋으신 우리 엄마와 지금은 세상에 안 계신 그리운 할머니, 매번 나의 요리를 '맛있다'고 먹어주는 나의 남편과 아기 나오, 꿈틀꿈틀 둘째 아가 때문에 평범한 내가 끝까지 용기를 내어 이 책을 준비할 수 있었다. 바빠도 내가 매일 매일 요리를 하는 이유는 더 없이 소중한 우리 가족을 위한 것이기 때문이 아닐까.

배 영 희

2014년 6월

序

　　起初來臺灣是為了學習一年的中文，卻不知不覺已經過了10多年。學中文及讀研究所期間，一直在宿舍生活的緣故，想念韓國料理時，就窩在宿舍，偷偷地做放好多辣椒醬的辣炒年糕來吃，這就是我當時最大的樂趣。而結婚後，最幸福的事情，應該就是有了「我的廚房」、「我的空間」。

　　每當壓力大時，常常會做辣炒年糕來吃。有一次，我將料理辣炒年糕的整個過程都拍成相片，在韓語課堂上，以單字為主，介紹給學生。那時學生各個睜著明亮的雙眼，直呼要我在課堂上做辣炒年糕給大家吃。在那之後，會配合學生的韓語程度，將煎餅、雜菜、泡菜等料理做為教材，介紹給學生。這是一堂我也愉快，學生也開心的韓國飲食料理課時間。

　　我會和一些對韓國料理有興趣的人，一起討論、分享料理的做法，因此累積了不少道料理。本書的特色，是以我在韓國所吃、常做的家常菜及其做法為主，在料理步驟上，不只是用中文，也以韓文介紹每一道料理。除了對一般韓國家常菜有興趣的人可以參考之外，學習韓語的讀者，也可以透過本書所介紹的單字，利用網路搜尋到更多各式韓國的烹飪方式。

　　書中介紹了兩種在韓國料理中不可或缺的泡菜。從晚秋到初冬，韓國的每個家庭都忙著準備冬天要吃的泡菜。與街坊鄰居相互合作的這種「泡菜及做泡菜」風俗文化，於2013年被登錄為UNESCO（聯合國教科文組織）的人類無形文化財。同時從2014年起，韓國政府將大力推動，準備讓「韓國料理及韓國料理文化」登錄成UNESCO人類無形文化財，相信這將是扮演讓世界認識韓國料

理的重要角色。而擁有240年傳統的北歐知名瓷器公司，已經注意到韓國料理的重要性，近日推出一組韓國料理餐具，在全球頗受好評。書中介紹的24道韓國料理，選擇的是在韓國最普遍且外國人也愛吃的料理。希望透過本書，能讓讀者了解韓國料理的味道及色彩，還有其文化的意義。

　　不是料理專家的我，想出一本料理書的理由很單純，只是希望在臺灣這個地方，利用在臺灣能買到的食材及簡單的做法，就可以做出韓國家常料理。準備這本書的過程中，我想感謝一些人，首先，要感謝兩位老師，一位是義大利料理課的Giancarlo Zecchino老師以及臺灣大學臺灣文學研究所蘇碩斌教授。透過料理這個共同主題，我從這兩位老師身上學到「用悠閒的態度面對人生」。也感謝這兩位老師親自為本書寫序。另外，財團法人商業發展研究院的

許倩棱博士，十分熟悉韓國的文化的她，常和我一起聊韓國料理的做法，我們經常透過做料理來排解日常生活中所累積的壓力。還有在出書的過程中，常感到猶豫不決，但得到瑞蘭國際既幹練又敏銳，且不時給我建言的王愿琦社長、可愛又機靈的美術編輯Megu小姐及講了一口流利韓語的潘治婷編輯的幫忙與鼓勵，才能夠完成這本書，非常感謝。

最後，擁有一番好手藝的我的媽媽，及已經不在這個世界、我好想念的奶奶，每次吃了我煮的菜都說「好吃」的我的老公，還有寶貝Nao及蠢蠢欲動的小川村，有了你們，如此平凡的我才可以提起勇氣準備這本書。即使再忙，我天天做料理的理由別無其他，就是為了給我摯愛的家人們，感謝我的家人。

裴英姬

2014年6月

13

目　錄

推薦序：用料理包融韓語的學習經驗　　　　　　　　　　2

推薦序：循著料理聯結更深的韓國因緣　　　　　　　　　4

序　　　　　　　　　　　　　　　　　　　　　　　　6

韓國家常菜常見材料　　　　　　　　　　　　　　　　20

韓國料理常用的鍋具及道具　　　　　　　　　　　　　24

韓國傳統餐桌　　　　　　　　　　　　　　　　　　　25

Part 1 절기음식 節日料理

1. 떡국 年糕湯　　　　　　　　　　　　　28
   설날 먹는 음식 新年吃的年菜

2. 미역국 海帶湯　　　　　　　　　　　　34
   생일, 출산 후 먹는 국 生日、生產後補身體的湯

3. 비빔밥 拌飯　　　　　　　　　　　　　40
   기분 좋은 한 그릇 음식 花一般豔麗的料理

4. 잔치국수 宴會麵　　　　　　　　　　　46
   결혼이나 기분 좋은 일이 있을 때 婚禮、喜事料理

5. 동그랑땡 韓式煎豬肉丸　　　　　　　　52
   좋은 일이 있을 때 이웃과 나누는 음식
   有慶賀之事及與鄰居分享的料理

6. 잡채 雜菜　　　　　　　　　　　　　　58
   좋은 일이 있을 때 이웃과 나누는 음식 喜事、分享料理

韓國料理中，常見和料理相關的動詞 1　　64

韓國料理及色彩（한국 음식과 그 색채）　　65

Part 2 일품요리　一品料理

1. 김치찌개 泡菜鍋　　　　　　　　　　　　　　68

2. 된장찌개 韓式味增豆腐鍋　　　　　　　　　　74

3. 불고기 烤肉　　　　　　　　　　　　　　　　80

4. 제육볶음 炒豬肉　　　　　　　　　　　　　　86

5. 오징어볶음 炒魷魚　　　　　　　　　　　　　90

6. 부대찌개 部隊鍋　　　　　　　　　　　　　　96

韓國料理中，常見和料理相關的動詞2　　　　　　102

蔬菜包飯文化（쌈 문화）　　　　　　　　　　103

Part 3 간식 點心

1. 김밥 海苔飯卷   106

2. 떡볶이 辣炒年糕   112

3. 라볶이 辣炒年糕泡麵   118

4. 부추전 韭菜煎餅   122

5. 해물김치부침개 海鮮泡菜煎餅   128

6. 고구마 맛탕 拔絲地瓜   134

韓國料理中，常見和「切」相關的單字   138

郊遊及海苔飯卷（소풍과 김밥）   139

Part 4 반찬 小菜

1. 깍두기 蘿蔔泡菜   142

2. 콩나물무침 涼拌黃豆芽菜   148

3. 시금치무침 涼拌菠菜   152

4. 가지무침 涼拌茄子   156

5. 어묵볶음 炒魚板   160

6. 배추김치 泡菜   164

韓國料理中，常見和「蔬菜」相關的單字   170

三色菜及韓國的元宵節（정월 대보름）   171

附 錄

1. 餐廳的相關對話　　　　　　　　　　174
   預約、點菜、要求、買單

2. 家庭餐桌上的相關禮貌對話　　　　　178
   與韓國朋友約時間、去韓國朋友家玩

3. 韓國用餐禮儀　　　　　　　　　　183

4. 菜單　　　　　　　　　　　　　　185
   韓式、中式、日式、西式

韓國家常菜常見材料

주 재료 : 곡식, 육식, 다양한 채소
主材料：穀物、肉類、蔬菜等多種

곡식 穀物

육식 肉類

다양한 채소 蔬菜

부 재료 : 간장, 고추장, 참기름, 소금, 된장, 젓갈
副材料：醬油、辣椒醬、芝麻油、鹽、韓式味噌、蝦醬等

간장 醬油

고추장 辣椒醬

참기름 芝麻油

소금 鹽

된장 韓式味噌

젓갈 蝦醬

향신료 : 고추, 후추, 생강, 파, 마늘, 부추
辛香料：辣椒、胡椒、生薑、蔥、大蒜、韭菜

고추 辣椒

후추 胡椒

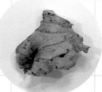

생강 生薑

파 蔥

마늘 大蒜

부추 韭菜

藥念：韓文是「양념」，就是韓國的調味料。即蘊含著「配上各種佐料的菜餚，就像補藥一樣有益健康」之意。藥念的材料大致可分為鹹、甜、酸、辣和苦等五種。依食材的不同，有時還會取適當香料加以混合調味。而此香料除了本身具有獨特的香味，有時也帶有辣味、苦味和特有的清香，不僅能夠降低、去除食材本身的腥臭味，更能為食物增添風味。

육수 高湯

　　韓國料理中不可或缺的鍋類或湯類，如果可以先準備好以下的高湯，將能煮更得快速、更好吃。

　　不妨利用週末或較空閒的時間，多煮些高湯，依家裡的人數先分裝好後冷凍保存，待需要時再拿出解凍使用，十分方便。

1. 멸치 다시마 육수 小魚乾昆布湯

　　用途最廣，準備也最方便的高湯，通常運用在辣炒年糕或韓式味噌豆腐鍋類等各種料理中。2人份的高湯要用4杯水，加一張約4公分長的昆布及12隻左右的小魚乾，熬約煮30分鐘。

2. 쇠고기 육수 牛肉高湯

　　適合用牛骨及牛腩，先泡水或用水煮洗乾淨後，再加洋蔥、白蘿蔔、胡蘿蔔、西洋芹、蒜頭等，用大火（煮滾了後轉小火）煮約3小時。

3. 돼지고기 육수 豬肉高湯

適合用排骨，先用水煮洗乾淨後，再加洋蔥、大蒜、蔥、薑母等，用大火（煮滾了後轉小火）煮約2小時。

4. 바지락 (혹은 생선) 육수 蛤蠣（海鮮）高湯

各種鍋類或湯類都很適合用的高湯。蛤蠣先洗好之後，要泡在鹽水裡約半天，吐沙相當重要。還有，在一開始煮的時候就要加入大蒜、生薑一起煮約30分鐘。煮好以後，要將蛤蠣肉一一取出再使用。

5. 닭고기 육수 雞肉高湯

適合用在湯麵或年糕湯、咖哩等。可以用雞骨頭或雞腿等，洗好之後泡在牛奶裡約5～10分鐘，藉以去除腥味又及軟化肉質。之後，再加入洋蔥、蒜頭、西洋芹、胡椒等，熬煮約2～3個小時。

韓國料理常用的鍋具及道具

냄비 鍋

뚝배기 石鍋

프라이팬 平底鍋

그릇 碗

채 篩網

칼, 도마 刀、砧板

뒤집개 鍋鏟

국자 湯勺

집게 夾子

韓國傳統餐桌

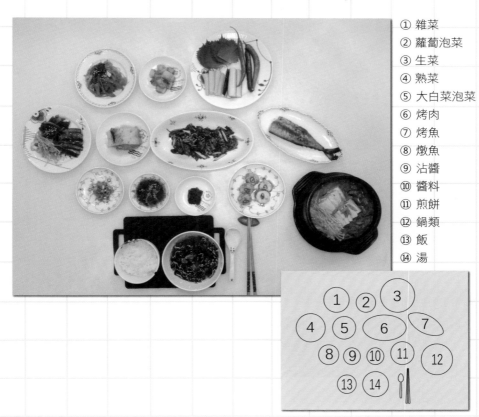

① 雜菜
② 蘿蔔泡菜
③ 生菜
④ 熟菜
⑤ 大白菜泡菜
⑥ 烤肉
⑦ 烤魚
⑧ 燉魚
⑨ 沾醬
⑩ 醬料
⑪ 煎餅
⑫ 鍋類
⑬ 飯
⑭ 湯

韓國的定食為飯、湯、小菜（泡菜）。

依據小菜的數量分為三道、五道、七道、九道、十二道（朝鮮時代皇上用膳為12道，韓國稱為水刺床，與中文御膳桌同意）。

本照片所示範的是五道飯桌，分為飯、湯、泡菜、醬料以外，還包含5種小菜及1種鍋類。

Part 1

절기음식
節日料理

這裡即將要介紹跟韓國新年、生產、喜宴或喜事相關的好料理，希望透過這些料理及做法，也可以認識韓國的飲食習慣及文化。

1 떡국 年糕湯　　　4 잔치국수 宴會麵

2 미역국 海帶湯　　　5 동그랑땡 韓式煎豬肉丸

3 비빔밥 拌飯　　　　6 잡채 雜菜

① 떡국 年糕湯

설날 먹는 음식 新年吃的年菜

年糕湯是韓國新年時會吃的傳統料理，在韓國的傳統禮俗中，吃年

재료 材料

碎海苔

年糕

牛肉

蔥

大蒜

雞蛋

주 재료 主材料

가래떡 200g, 쇠소기 육수
600ml (3컵)

• • • • • • • • • • • • • • • • • • • •

年糕湯用的年糕 200g、牛肉高
湯 600ml（3杯）

부 재료 副材料

참기름 15ml, 대파 30g(10cm),
마늘 5g, 소금 조금, 후추 약간

• • • • • • • • • • • • • • • • • • • •

芝麻油15ml、蔥30g（10cm）、
大蒜5g、鹽少量、胡椒粉少量

고명 裝飾菜

달걀 1 개, 부순 김, 쇠고기, 식용유

• •

雞蛋1個、碎海苔、牛肉（煮湯用）、沙拉油

❶ 떡을 물에 담가 둔다.

將年糕泡在常溫的水裡。

· 年糕泡水的作用，一方面為洗掉年糕上的油質，另一方面是要讓年糕在烹煮時較好煮熟。

❷ 국물용 쇠고기는 먹기 좋은 크기로 썬다.

高湯用的牛肉切成方便吃的大小。

· 韓國料理中常使用牛肉高湯，為了方便，建議一次大量熬煮，再將高湯依2人份的份量（3杯）做分裝，需要時再拿出來解凍使用。

❸ 달걀지단은 흰자와 노른자를 따로 부친다. 지단을 얇게 부치고 3cm 길이로 길게 썬다.

裝飾用的雞蛋絲需要將蛋白和蛋黃分開煎。將蛋皮煎薄一些，切成長3公分的蛋皮絲。

· 煎蛋皮時要用小火煎，一來蛋白與蛋黃才會又薄顏色又好看，二來蛋皮才不容
易煎到焦掉。

❹ 파는 채 썰고, 마늘은 다진다.

蔥切絲、大蒜磨成泥。

· 韓國料理中常使用蒜泥，
若能使用磨泥器，可快
速研磨完成。

5 쇠고기, 파, 마늘, 무를 넣고 육수를 30분 정도 끓인다.

　牛肉、蔥、蒜頭、蘿蔔放進鍋子裡，熬煮高湯，時間約30分鐘。

· 牛肉高湯可用小魚乾昆布湯代替。

· 比較簡單的另一種方式是先將牛肉、大蒜、芝麻油炒一炒再加水。

· 牛肉高湯煮好之後，要用篩網過濾牛肉湯和其他材料。另外，要用手將牛肉撕成適合的大小，最後和裝飾的菜一起擺在上面。

6 쇠고기 국물에 떡을 넣고 끓인다.

　將年糕放入牛肉高湯裡煮。

· 已經泡過水的年糕比較容易煮熟，這時候用中火去煮就可以了。

❼ 먼저, 간장과 후추로 간을 하고, 떡이 떠오르면 다시 맛을 보고 소금, 파, 마늘로 맛을 본다.

首先，用醬油和胡椒粉調味，待年糕浮起時，再試一次味道，用鹽、蔥、大蒜調味。

· 可依家人或自己的口味用鹽、蔥、蒜來調味。年糕湯的口味相當清淡，是一道適合全家大小吃的料理。

❽ 그릇에 담고, 달걀지단, 김, 자른 쇠고기를 올린다.

將年糕盛入碗裡，再放上少許當裝飾菜用的雞蛋絲、碎海苔、切好的牛肉。

· 年糕湯的擺盤看起相當富有年節的氣氛，趕緊趁熱來嘗嘗美味的年糕湯吧！

② 미역국 海帶湯

생일, 출산 후 먹는 국
生日、生產後補身體的湯

海帶湯對韓國的產婦來說，是一道十分重要的產後料理，主要是因
為海帶富含豐富的營養並有補血的功效。而生日時喝海帶湯，代表
著對母親生下自己的敬意，也是感念母親生育的痛苦。

재료 材料

醬油

大蒜

海帶

蛤蠣

주재료 主材料

미역 10g, 바지락 국물
600ml (3컵)

· · · · · · · · · · · · · · · · ·

海帶 10g、蛤蠣高湯 600ml
（3杯）

부재료 副材料

마늘 15g, 참기름 15ml, 간장
5ml, 소금 조금

· · · · · · · · · · · · · · · · ·

大蒜 15g、芝麻油 15ml、醬油
5ml、鹽 少量

❶ 미역을 물에 불린다.

先將海帶放進常溫的水裡，讓海帶泡水膨脹。

· 海帶泡水約10分鐘。

❷ 불린 미역을 건져서 적당한 크기로 썰어 둔다.

拿出膨脹好的海帶後，用清水稍作清洗，再切成適合的大小。

· 沖洗膨脹好的海帶，是為了要清除海帶上的雜質。

❸ 바지락에 마늘과 생강을 넣고 30분 정도 끓인다.

將大蒜、生薑放進蛤蠣裡，熬煮高湯，時間約30分鐘。

· 製作蛤蠣高湯時要注意，一定
  要先吐沙，且蛤蠣要在水滾開
  前就放入。

미역국 끓이기 動手做海帶湯

❹ 냄비에 참기름, 다진 마늘, 미역, 간장을 넣고 볶는다.

在鍋子裡放進芝麻油、蒜泥、海帶和醬油一起拌炒。

· 將海帶炒到稍有焦味即可。

· 韓國跟臺灣的芝麻油的香味不同，建議
  韓國料理還是用韓國芝麻油。韓國芝麻
  油可在百貨公司的超市或永和的韓國街
  買到。

❺ 여기에 바지락 국물을 넣고 끓인다.

將蛤蠣高湯倒入拌炒海帶的鍋內。

· 將蛤蠣高湯倒入前，先把高湯裡的蛤蠣殼、蒜頭、生薑挑出，只留下高湯和蛤
  蠣肉即可。

❻ 끓은 후에 간장과 소금으로 간을 한다.

湯滾開後用醬油及鹽調味。

· 海帶湯通常使用牛肉高湯做湯底，如果
  想用牛肉做，請參考p.22或p.32「年糕
  湯」中牛肉高湯的做法，或者可以用更
  簡單的方式，就是在鍋子裡將芝麻油、
  大蒜、牛肉翻炒後加水即可。

在韓國有一個關於海帶湯迷信的說法，那就是在準備考試、面試期間，不要吃海帶湯，因為滑溜溜的海帶有可能會讓你落榜，因此喝海帶湯還是要看時間的。

小心喲！

③ 비빔밥 拌飯

기분 좋은 한 그릇 음식 花一般豔麗的料理

拌飯是一說到韓國料理就會連想到的著名料理，也是顏色繽紛、營養又均衡的好料理。在韓劇中媽媽們信手捻來就能做成的拌飯，據說在很久以前，可是皇上才能吃的珍饈。但實際上，它只是一般家庭祭拜或宴會後大家聚在一起，將各種菜放在飯上吃的料理。

재료 材料

菠菜

大白菜泡菜

辣椒醬

洋蔥

黃豆芽菜

櫛瓜

胡蘿蔔

雞蛋

주 재료 主材料

밥 2인분, 양파 100g (반 개), 당근 140g (반 개), 애호박 (반 개), 시금치 1 단, 콩나물 1 봉지, 배추 김치 200g, 달걀 2개

⋯⋯⋯⋯⋯⋯⋯⋯⋯⋯⋯⋯

飯2人份、洋蔥100g（半顆）、胡蘿蔔140g（半棵）、櫛瓜半條、菠菜1把、黃豆芽菜1包、大白菜泡菜200g、雞蛋2個

부 재료 副材料

고추장 30g, 참기름 10ml, 소금, 후추, 깨, 기름

⋯⋯⋯⋯⋯⋯⋯⋯⋯⋯⋯⋯

辣椒醬30g、芝麻油10ml、鹽、胡椒粉、芝麻、沙拉油

41

❶ 밥을 한다.

煮白飯。

❷ 양파, 당근, 애호박은 적당한 크기로 채 썬다.

將洋蔥、胡蘿蔔、櫛瓜切絲成適當的大小。

❸ 시금치와 콩나물은 다듬어 씻는다.

將菠菜及黃豆芽菜挑揀後清洗乾淨。

❹ 배추김치는 잘게 썬다.

將大白菜泡菜切成小塊狀。

비빔밥 만들기 動手做拌飯

❺ 프라이팬에 기름을 넣고 양파를 볶는다. 익으면 소금과 후추로 간을 한다.

在平底鍋加入沙拉油，拌炒洋蔥。待洋蔥熟後，用鹽及胡椒調味。

‧將洋蔥拌炒到透明狀，就可以起鍋了。

❻ 위와 같은 방법으로 당근과 애호박을 각각 볶아서 준비한다.

與洋蔥相同做法，將胡蘿蔔及櫛瓜分別炒好。

‧每一樣配菜所需要的熟度不同，也為了保持香味，要一一拌炒備料喔。

❼ 달걀 프라이를 부친다. 배추김치를 참기름을 두르고 볶는다.

　　煎荷包蛋。用芝麻油拌炒大白菜泡菜。

‧荷包蛋的蛋黃不要煎到
　全熟，之後的擺盤看起
　來才會更美味喔！

‧用芝麻油拌炒泡菜，可
　增加泡菜的香氣。

❽ 시금치와 콩나물은 각각 데치고, 물기를 제거한 후에 소금, 참기름, 간장으로
맛을 낸다.

　　菠菜及黃豆芽菜分別汆燙後瀝乾水分，加入鹽、芝麻油、醬油調味。

‧由於菠菜汆燙時容易破壞其營養素，因此在汆燙、沖涼、切成長3公分左右，
　之後再調味的話，更能維持它的營養成分。

‧菠菜汆燙後，要用冷水沖涼、擰乾，之後再加入鹽、芝麻油、醬油攪拌調味。

‧黃豆芽菜用相同的作法來調味，最後可加些辣椒粉，這是為了讓黃豆芽菜帶有
　微辣的口感，還能增添色澤。

❾ 그릇에 밥을 담고, 달걀 프라이를 올리고 그 주변에 준비한 (양파, 당근, 애호박, 배추김치, 시금치, 콩나물)재료를 각각 둥글게 담는다.

將白飯盛入碗中,放上荷包蛋,在荷包蛋周圍放入準備好的(洋蔥、胡蘿蔔、櫛瓜、泡菜、菠菜、黃豆芽菜)材料。

· 其實拌飯的配菜相當多樣化,可以就手邊的食材來做變化。

· 拌飯加韓式烤肉也很美味,用牛肉請參考本書p.80「烤肉」,用豬肉請參考本書p.86「烤豬肉」做法。

❿ 그 위에 참기름, 깨를 조금 뿌리고 고추장을 따로 담는다.

最後,淋上一點芝麻油,撒上少許芝麻,另外準備一碟辣椒醬。

· 每個人吃辣的程度不盡相同,辣椒醬可要適量的加入喔!不吃辣的人可以考慮加些醬油來拌飯,也是另一番風味呢!

4 잔치국수 宴會麵

결혼이나 기분 좋은 일이 있을 때
婚禮、喜事料理

宴會麵，是在傳統的婚禮、生日宴席或是花甲宴席等宴會時，拿來
當作招待客人的料理。而且麵條在食物裡有「長壽」之意，所以對
新郎新娘而言，含有祝福婚姻生活長長久久的意思。

재료 材料

藥念醬

雞蛋
香菇
胡蘿蔔
絞碎牛肉

素麵
蔥
櫛瓜
大蒜

주재료 主材料

소면 1인분, 멸치 다시마 육수 400ml (2컵)

· · · · · · · · · · · · · · · · · · · ·

素麵1人份、小魚乾昆布高湯 400ml（2杯）

부재료 副材料

소금 1g, 파 15g (5cm), 마늘 1g

· · · · · · · · · · · · · · · · · · · ·

鹽1g、蔥15g（5公分）、大蒜 1g

양념재료 藥念材料

간장 15ml, 고춧가루 1g, 참기름 3ml, 다진 마늘 1ml, 깨 3ml, 다진 파 15g (5cm)

· · · · · · · · · · · · · · · · · · · ·

醬油15ml、辣椒粉1g、芝麻油3ml、 蒜泥1g、芝麻3g、蔥末15g（5公分）

고명 裝飾菜

계란 1개, 애호박 60g (⅓개), 다진 소고기 40g, 표고버섯 50g (2개), 당근 20g (1cm)

· · · · · · · · · · · · · · · · · · · ·

雞蛋1個、櫛瓜60g（⅓條）、絞碎 牛肉40g、香菇50g（2朵）、胡蘿 蔔20g（厚度約1公分）

재료 준비하기 準備材料

❶ 멸치와 다시마를 넣고 30분 정도 끓여서 육수를 만든다. 육수에 간을 한다. (소금 1ml, 파 5cm, 마늘 1ml)

將小魚乾及昆布煮30分鐘左右熬成高湯。將高湯調味。（鹽1g，蔥5cm，蒜頭1g）

❷ 애호박과 표고버섯은 채 썬다.

將櫛瓜和香菇切絲。

잔치 국수 만들기 動手做宴會麵

❸ 프라이팬에 기름을 두르고 애호박에 소금, 후추를 뿌려서 볶는다. 같은 방법으로 따로 소고기와 표고버섯도 볶는다.

在平底鍋倒入沙拉油,將鹽及胡椒撒入櫛瓜中拌炒。再以同樣的方法分別炒牛肉和香菇。

❹ 지단은 흰자와 노른자를 따로 부친다. 지단을 3cm로 길게 썬다.

裝飾用的雞蛋絲需要將蛋白和蛋黃分開煎。切成長3公分的蛋絲。

❺ 끓는 물에 소면을 넣고 삶고 면이 익으면 건져서 찬 물에 씻어 물기를 뺀다.

將素麵放入滾水中，麵煮熟後撈出，用冷水沖洗瀝乾水分。

· 煮麵食時，水很容易溢出來，建
  議在溢出來之前加冰水讓溫度下
  降，重覆做幾次，麵條會更Q。

❻ 면을 그릇에 담고 준비한 멸치
  다시마 육수를 붓는다.

將準備好的小魚乾昆布高湯舀
到已放入麵的碗裡。

7 그 위에 준비한 애호박, 고기, 표고버섯, 지단을 동그랗게 주변에 올린다. 양념장도 가운데에 올린다.

在上面將準備好的櫛瓜、牛肉、香菇、雞蛋絲成圓形環繞擺上。藥念醬也放在中間。

· 或許醬料可以先不放，讓吃的人自己來調喜歡的味道。

 **5** 동그랑땡 韓式煎豬肉丸
좋은 일이 있을 때 이웃과 나누는 음식
有慶賀之事及與鄰居分享的料理

韓式豬肉丸是在韓國慶祝喜事時會吃的料理，如果聽到有人家裡要
煎韓式豬肉丸，就知道他們家有了好事。儘管做韓式豬肉丸費時費
工，但通常宴會時都會做這道菜，跟鄰居客人一起分享吃。

재료 材料

麵粉

紅蘿蔔

洋蔥

豬肉絞肉

豆腐

雞蛋

주 재료 主材料

간 돼지고기 250g, 양파 60g (¼개), 당근 30g (3cm), 두부 150g

⋯⋯⋯⋯⋯⋯⋯⋯⋯⋯⋯⋯⋯⋯

豬肉絞肉250g、洋蔥60g（¼顆）、紅蘿蔔30g（3公分厚）、豆腐150g

부 재료 副材料

소금 2g, 참기름 15ml, 계란 2개, 밀가루 50g, 후추 조금, 식용유 적당량

⋯⋯⋯⋯⋯⋯⋯⋯⋯⋯⋯⋯⋯⋯

鹽2g、芝麻油15ml、雞蛋2顆、麵粉50g、胡椒少量、沙拉油適量

❶ 양파와 당근을 잘게 썬다.

將洋蔥和胡蘿蔔切碎。

❷ 계란을 풀어 놓고 소금으로 간을 한다.

先打雞蛋，將雞蛋打散後，放一點鹽調味。

동그랑땡 만들기 動手做韓式煎豬肉丸

❸ 간 돼지 고기에 두부를 으깨고 양파, 당근을 넣고, 풀어 놓은 계란의 ¼만 같이 넣어 섞는다.

將豆腐渣放入豬絞肉中，再加入洋蔥、胡蘿蔔及¼的蛋液一起攪拌。

豬肉和豆腐攪拌之前，
要先將豆腐放進布袋內，
擠出水分。

❹ 여기에 소금, 후추, 참기름을 살짝 넣고 간을 한다.

再加入少許的鹽、胡椒、芝麻油調味。

· 可以用醬油（15ml）、辣椒粉（1ml）、白醋（10ml）、香油（10ml）、芝麻粉（少量）做成醬料一起搭配吃。

❺ 한 입 크기로 동그랗고 편평하게 모양을 만든다.

做成可以一口吃掉的大小（扁平圓形狀）。

· 這道菜做得好壞有一個
關鍵，那就是豆腐必須
擠出水份。在將肉漿捏
成圓形時，若肉漿沒有
附著在手上的話，就表
示食材在調配時的份量
與黏度是剛好的。

❻ 밀가루와 계란의 순서로 옷을 입힌다.

再用麵粉及雞蛋依序做麵衣。

❼ 달군 프라이팬에 식용유를 두르고 중
약불에서 동그랑땡을 익힌다.

在已經熱的平底鍋內倒入油後，用中
小火開始煎韓式豬肉丸。

❽ 앞뒤로 골고루 익힌 후에 꺼내서 주방 티슈에 올려 놓고 기름기를 뺀다.
將正反都煎熟後的豬肉丸取出，放在廚房紙巾上，吸除多餘的油份。

· 如果想在韓式煎豬肉丸上做些裝飾，可在豬肉丸沾上麵衣放入平底鍋之後，上面放上切絲的紅辣椒或些綠色葉菜等。

· 如果有剩下的蛋液，可以直接煎成蛋捲喔！請參考p. 106「海苔飯卷」

6 잡채 雜菜

좋은 일이 있을 때 이웃과 나누는 음식
喜事、分享料理

韓國慶祝喜事的代表料理之一非雜菜莫屬。雜菜之所以成為宴會時的料理，相傳是在朝鮮光海君主政時期，有個叫李沖的人將雜菜當作賄賂的物品呈上，由於當時宮內正舉辦宴會，而雜菜又料理得十分好吃，深得君主喜愛，因此成為宴會料理。

份量：👨👨

재료 材料

豬肉絲
木耳
洋蔥
胡蘿蔔

韓式冬粉
鴻喜菇
菠菜
甜椒
醬油

주 재료 主材料

당면 150g, 양파 60g (¼개), 당근 ⅓ 개, 시금치 1 단, 목이버섯 2장, 파프리카 반 개, 백일송이버섯 1 줌, 돼지고기 90g

· · · · · · · · · · · · · · · · · · · ·

韓式冬粉150g、洋蔥60g（¼顆）、胡蘿蔔⅓根、菠菜1把、木耳2片、甜椒半個、鴻喜菇1把、豬肉絲90g

부 재료 副材料

식용유, 간장 35ml, 참기름 10ml, 통깨

· · · · · · · · · · · · · · · · · · · ·

沙拉油、醬油35ml、芝麻油10ml、芝麻

❶ 당면을 물에 담근다.

將韓式冬粉浸泡在水裡。

· 韓式冬粉浸泡時間，約20分鐘。
· 韓式冬粉泡軟後，可用剪刀剪成2～3段，方便烹煮及食用。

❷ 양파, 당근, 목이버섯과 파프리카를 채썬다.

將洋蔥、胡蘿蔔、黑木耳及甜椒切絲。

· 菇蕈類也可以視情況切成絲。

잡채 만들기 動手做雜菜

❸ 양파, 당근, 파프리카, 백일송이버섯, 돼지고기를 각각 볶는다. 소금과 후추로 간을 한다.

將洋蔥、胡蘿蔔、甜椒、木耳及豬肉分別炒熟。用鹽和黑胡椒調味。

- 韓國料理的精神，就是每樣配菜都要求最佳的熟度，所以要分開處理，不可以偷懶喔！
- 各種菇類又香又營養，可依自己喜愛添加，至於黑木耳可以另外拌炒，菇類若和肉一起炒香味更棒。

❹ 시금치는 데쳐서 씻고, 물기를 짜서 4cm로 썬다.

將菠菜汆燙後用冷水沖洗，去除水分，以長4公分切成段。

- 為避免營養流失，汆燙時要將整把菠菜一起放進鍋裡，只要燙一下就可拿出來沖涼切段。
- 菠菜汆燙後要用冷水沖涼、擰乾，才好入味。

❺ 시금치에 소금, 일본식 간장, 참
기름을 넣고 맛을 낸다.

將鹽、日式醬油、芝麻油加入菠
菜中調味。

・用芝麻油拌炒泡菜，可增加泡菜的香
氣。

❻ 당면은 끓는 물에 5분 정도 삶아서 물기를 뺀다.

韓式冬粉放入滾水中煮5分鐘左右，將水倒掉。

・煮冬粉時加一些油，可
以防止冬粉沾黏在一
起。

❼ 프라이팬에 모든 재료를 넣고 간장, 설탕, 참기름으로 맛을 낸다.

將所有材料放進平底鍋，用醬油、糖、芝麻油來調味。

· 剛才炒好的材料終於可以下場了！

· 將煮好、瀝乾的韓式冬粉，加入剛炒熟的豬肉絲等所有的菜，小心拌炒。

· 盛盤後趁熱撒上芝麻，除了視覺美感，也會增添香氣喔！

韓國料理中，常見和料理有關的動詞 I

 끓다 開、滾

 삶다 煮

 끓이다 煮滾

 굽다 烤

 볶다 炒

 건지다 撈

 무치다 涼拌

 부치다 煎

 넣다 放入

 다듬다 挑揀

 데치다 汆燙

 풀다 攪拌

 찌다 蒸

 으깨다 搗碎

韓國料理及色彩（한국 음식과 그 색채）

한국 음식은 밥을 중심으로 국이나 찌개, 김치 외에 채소와 육류로 만든 반찬을 먹는다. 김치, 장, 젓갈을 담가서 한해 내내 상에 올린다. 사계절이 뚜렷하고 삼면이 바다로 둘러 싸여 있어서 곡류와 육류, 해산물이 풍부하다. 겨울은 몹시 춥기 때문에 김치나 장 등의 발효 식품이 발달하게 된다.

조선시대(1392-1910) 유교 사상이 한국 음식에 영향을 주었다. 예를 중요하게 여겨서 잔치나 차례 음식의 차림새가 정해졌다. 또 식사 예절도 자리 잡게 된다. 절기 음식은 설날에 떡국, 대보름에 잡곡밥과 추석에 송편 등 제철 음식을 먹는다. 집안에 경사가 있을 때는 음식을 풍성하게 장만하여 이웃과 나누어 먹는 풍습이 있다. 결혼을 할 사람에게 "국수 언제 먹냐"는 말을 하는데, 잔치 등 좋은 일이 있을 때 잔치 국수와 동그랑땡, 잡채 등을 준비해서 손님을 대접하거나 나누어 주었다.

韓國飲食以飯為主，除了吃湯或鍋、泡菜以外，還有用蔬菜、肉類做成的小菜。而所做成的泡菜、醬油、魚醬，一年到頭都會吃。韓國的四季分明，三面環海，有豐富的穀物和肉類、海鮮。由於冬天非常寒冷，因此泡菜或醬類等發酵食品很發達。

朝鮮時代（1392-1910）因受儒家思想的影響，十分重視禮儀，所以為宴會或祭拜的飲食訂定了順序，也立定了用餐禮節。季節飲食有新年吃年糕湯，農曆1月15日吃雜穀飯及中秋節吃松片（年糕）等季節料理。至於家裡有喜慶時，會準備豐富的飲食與鄰居分享。也會向要結婚的人說「何時讓我吃宴會麵」，因為有宴會或有好事時，會準備宴會湯麵、煎豬肉丸、雜菜等招待客人或分享這些食物。

Part 2

일품요리
一品料理

韓國料理可分主食和副食，主食通常是飯或麵，副食是鍋、湯及小菜等。這個單元要介紹的料理，就是在家常菜中營養和味道都是最佳的一品料理。媽媽準備了這些料理，比較不會擔心其他小菜太少，也可以説是該餐的主角。

1 김치찌개 泡菜鍋

2 된장찌개 韓式味噌豆腐鍋

3 불고기 烤肉

4 제육볶음 炒豬肉

5 오징어볶음 炒魷魚

6 부대찌개 部隊鍋

① 김치찌개 泡菜鍋

泡菜鍋是韓國飯桌上常見的鍋類料理，通常用醃漬超過2個多月的老泡菜，跟用剛做好的泡菜料理出來的鍋，味道會很不一樣。有些人說好吃的泡菜鍋的秘訣就在於老泡菜中，其香辣的滋味，會讓你飯一口接著一口吃。

재료 材料

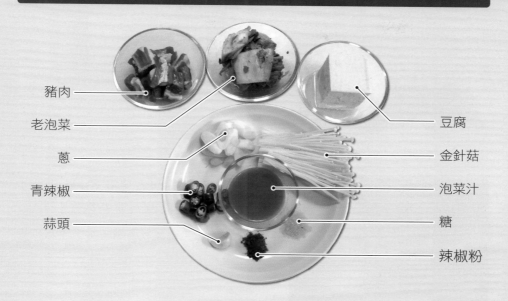

豬肉 — 老泡菜 — 蔥 — 青辣椒 — 蒜頭 —

— 豆腐
— 金針菇
— 泡菜汁
— 糖
— 辣椒粉

주재료　主材料

신김치 300g, 돼지고기 160g

老泡菜300g、豬肉 160g

부재료　副材料

멸치 다시마 국물 500ml (2.5 컵), 두부 반 모, 팽이버섯 (한 줌), 마늘 5g, 파 20g (7cm), 청 고추 10g (1개), 고춧가루 5g, 김치 국물 50ml, 후추 약간, 설 탕 2g

小魚乾昆布高湯500ml（2.5 杯）、豆腐半塊、金針菇半 包、蒜頭5g、蔥20g（約7公 分）、青辣椒10g（1支）、 辣椒粉5g、泡菜汁50ml、胡 椒少許、糖2ml

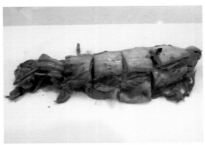

1 김치를 적당한 크기로 썬다.

將泡菜切成合適的大小。

2 멸치와 다시마를 넣고 멸치 육수를 만든다.
(멸치 12마리정도, 다시마 4~5cm 1 개)

用小魚乾和昆布熬煮高湯。（小魚乾12隻
左右，昆布約4-5公分大小1片）

3 두부를 적당한 크기로 썬다.

豆腐也成切合適的大小。

4 마늘은 다지고, 파는 어슷 썰고 고추는 송송 썬다.

將蒜頭磨成泥，再將蔥斜切，辣椒切成小塊。

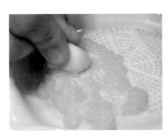

김치찌개 만들기 動手做泡菜鍋

⑤ 뚝배기에 돼지고기를 넣고 김치를 볶는다.

在石鍋內放入豬肉後，拌炒泡菜。

· 沒有韓式石鍋也可用砂鍋或其他一般鍋代替。

· 在利用石鍋拌炒食材前，可先挑選一塊帶有肥油的豬肉，在加熱的石鍋中將豬肉的油逼出來，再利用逼出的油分拌炒豬肉，待豬肉近全熟後，最後放入泡菜一起拌炒。

· 炒豬肉及泡菜時，要用大火，豬肉可以去除老泡菜的酸味。

⑥ 김치에 김치 국물, 멸치 국물을 넣고 끓인다.

將泡菜汁、小魚乾昆布高湯倒入泡菜鍋中煮滾。

· 加入2～3杯高湯後，繼續用大火煮。

❼ 다진 마늘, 파, 고추, 두부를 순서대로 넣는다.

依序將蒜泥、蔥、青辣椒、豆腐放進石鍋。

❽ 설탕으로 신맛을 조절한다.

最後再用糖調和泡菜的酸味。

· 糖的用途在於去除老泡菜的酸味。

· 如果用鮪魚來代替豬肉時,要先在石鍋中倒入適量的油拌炒泡菜,最後倒入小魚乾昆布高湯,再放鮪魚即可。

關於老泡菜(신김치):

在韓國,醃漬泡菜的季節約在秋末初冬。泡菜只要醃漬超過3~4個月,就會發現有很重的酸味。由於泡菜是發酵食品,醃漬時間較長,味道也較酸,因此老泡菜比較適合拿來做泡菜鍋或與其他料理一起烹煮。

沒有老泡菜時該怎麼辦?

泡菜鍋吃起來有酸甜的口感,是因為用老泡菜料理而成的緣故。但若沒有老泡菜的話該怎麼辦呢?其實直接使用一般泡菜也沒有關係。另外有些專家說,可以在泡菜鍋煮滾後加入1/2~1湯匙的醋,就能夠讓泡菜鍋有酸酸的味道。但如果在一開始就加醋烹煮的話,會讓泡菜嚼起來沒有味道,所以要小心。

原來～
這樣簡單

② 된장찌개
韓式味噌豆腐鍋

韓式味噌豆腐鍋是韓國人一輩子都非常愛吃、對它永遠不會變心的
鍋類。韓國味噌與日式味噌不同之處，在於韓國味噌只用大豆製
造，因此味道特別的淳厚。此外，料理韓式味噌鍋時最好用韓式石
鍋烹煮，因為更能品嚐到味噌的美味。

辣度：🌙　份量：👤👤

재료 材料

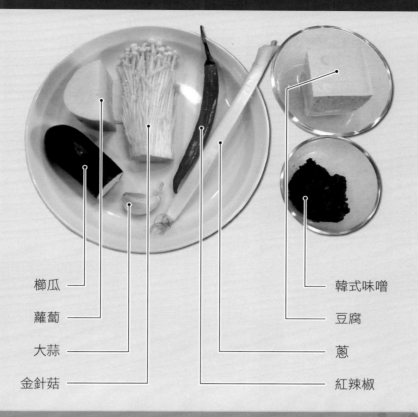

櫛瓜 ——

蘿蔔 ——

大蒜 ——

金針菇 ——

—— 韓式味噌

—— 豆腐

—— 蔥

—— 紅辣椒

주재료　主材料

된장 20g, 무 (혹은 감자) 60g , 애호박 80g, 두부 반 모, 팽이버섯 20g

· ·

韓式味噌20g、蘿蔔（或馬鈴薯）60g、櫛瓜80g、豆腐半塊、金針菇20g

부재료　副材料

멸치 육수 500ml (2.5컵), 고춧가루 5g, 홍고추 1개, 파 20g (7cm), 마늘 8g

· ·

小魚乾昆布高湯 500ml（2.5杯）、辣椒粉5g、紅辣椒1支、蔥 20g（7cm）、大蒜8g

재료 준비하기 準備材料

1 멸치와 다시마로 멸치 국물을 낸다. (멸치 12마리 정도, 다시마 4~5cm 1 개)

用小魚乾及昆布熬煮高湯。（小魚乾12隻左右，昆布約4-5公分大小1片）

2 무는 납작하게 썰고, 애호박과 두부도 적당한 크기로 썬다.

將蘿蔔切成薄片，櫛瓜和豆腐切成適當的大小。

3 마늘은 다지고, 파는 어슷 썰고 고추는 송송썬다.

將蒜頭磨成泥，蔥和辣椒切細。

된장찌개 만들기 動手做韓式味增鍋

❹ 멸치 육수에 채를 받쳐서 된장을 풀어준다.

利用網篩將味噌溶解在小魚乾昆布湯裡。

· 用篩網可以過濾豆子等殘渣。可以拿隻湯匙，慢慢地將篩網上的味噌磨散，讓味噌溶解在高湯裡。

❺ 국물이 끓어 오르면 무를 넣고 익을 때까지 끓인다.

待水煮開後，放進蘿蔔，將蘿蔔煮熟。

· 將蘿蔔放進去後，就可以用大火去煮。

· 櫛瓜易熟，可以將櫛瓜和豆腐切厚一些。

❻ 무가 익으면 애호박, 두부, 팽이 버섯, 고추, 마늘, 파를 넣고 좀 더 끓인다.

蘿蔔熟後，放入櫛瓜、豆腐、金針菇、辣椒、大蒜、蔥，再繼續煮。

· 味噌湯多煮一些時候，是為了煮出味噌和其他材料綜合一起的濃厚味道。

煮好了嗎？
我餓了！

韓式陶鍋養鍋法：

用陶鍋煮完料理後，先用麵粉或小蘇打粉將陶鍋洗淨，之後再倒入洗米水，待洗米水煮滾後，再清洗一次。最好不要使用一般的清潔劑清洗陶鍋，因為它會吸收，如此一來，陶鍋的壽命才會更長久。

③ 불고기 烤肉

烤肉是韓國人最喜歡的料理之一，講到韓國料理，一定不會忘記烤肉。就像在臺灣中秋節大家會聚在一起烤肉一樣，在韓國吃烤肉也是。韓國人不但郊遊時烤肉，還會在店裡或家裡烤。總之，這就是一道大家聚一起歡樂烤肉，然後用生菜包起來大口開心吃的料理。

재료 材料

蔥
杏鮑菇
蘋果
牛肉
紅辣椒
洋蔥
藥念醬

주 재료 主材料

소고기 250g

· · · · · · · · · · · · · · · · · · · ·

牛肉 250g

부 재료 副材料

양파 70g (¼개), 새송이버섯
50g, 대파 10g (15cm), 홍고추
15g (1개)

· · · · · · · · · · · · · · · · · · · ·

洋蔥70g（¼顆）、杏鮑菇50g、
蔥10g（15公分）、紅辣椒15g
（1支）

양념 재료 藥念材料

간장 60ml, 설탕 30g, 참기름
15ml, 마늘 15g, 생강즙 5ml, 사
과 15ml (¼개), 후추 약간

醬油60ml、糖30g、芝麻油15ml、
蒜頭15g、薑汁5ml、蘋果汁15ml
（¼顆）、胡椒少量

1 간장, 설탕, 참기름, 후추, 마늘, 생강즙, 사과 간 것을 넣고 양념장을 만든다.

用醬油、糖、芝麻油、胡椒、大蒜、薑汁、蘋果泥做成藥念醬。

‧將蘋果榨成汁倒入肉裡，不但能去除肉的腥味，還能軟化肉質。

‧沒有蘋果時，也可以用梨子、奇異果取代。

2 양파는 채 썰고, 파와 고추는 어슷 썬다.

洋蔥切絲，蔥和辣椒斜口切段。

불고기 만들기 動手做韓式烤肉

❸ 고기에 양념장을 넣고 30분 이상 재워 둔다.

將藥念醬放入牛肉靜置30分鐘以上，待其入味。

❹ 프라이팬에 기름을 두르고 양파와 양념이 된 고기를 센 불로 굽는다.

在平底鍋放一點點油，用大火煎炒洋蔥和已經入味的肉。

· 由於牛肉很快就熟，只
需用大火快速地翻炒就
好。

❺ 그 위에 파, 홍고추, 새송이버섯을 넣고 금방 볶아 준다.

接著再放入蔥、辣椒、杏鮑菇快速翻炒。

· 菇蕈類的食材可以選擇各種新鮮的杏鮑菇、鴻喜菇或泡水還原後的香菇。這次是用杏鮑菇做示範。

完成囉！

甜甜辣辣的炒豬肉，除了可以包菜吃，也可以單獨加白飯拌一拌吃，是韓國人很愛的美味。

재료 材料

蔥
洋蔥
胡蘿蔔
青辣椒
清酒

藥念醬
豬肉

주 재료 主材料

돼지고기 200g

· ·

豬肉200g

부 재료 副材料

양파 100g, 청고추 2개, 파 1줄기, 당근 약간, 청주 40ml, 소금 약간, 후추 약간

· ·

洋蔥100g、青辣椒2支、蔥1根、胡蘿蔔少量、清酒40ml、鹽少量、胡椒少量

양념 재료 藥念材料

고추장 50g, 고춧가루 40g, 간장 15ml, 설탕 15ml, 마늘 15ml, 생강즙 10ml, 통깨 약간

辣椒醬 50g、辣椒粉 40g、醬油 15ml、糖 15ml、蒜泥 15ml、、薑汁 10ml芝麻 少量

❶ 썬 돼지고기에 청주와 소금을 살짝 넣고 20분 정도 재운다.

將切好的豬肉，放入鍋盆內，加入清酒及少量鹽熟成20分鐘左右。

❷ 고추장, 고춧가루, 간장, 설탕, 마늘, 통깨, 생강즙을 넣고 양념장을 만든다.

用辣椒醬、辣椒粉、醬油、糖、大蒜、芝麻、薑汁做成藥念醬。

❸ 청고추를 송송 썰고, 당근도 납작하게 썬다.

將辣椒切成小塊，再把胡蘿蔔切成薄片。

❹ 파는 어슷하게 썰고, 양파는 채 썬다.

將蔥切成斜片，洋蔥切絲。

제육볶음 만들기　動手做炒豬肉

❺ 돼지고기에 양념장을 넣고 20분 정도 재워 둔다.

將藥念醬倒入已熟成的豬肉，放置約20分鐘，待其入味。

❻ 프라이팬에 식용유를 두르고 고기를 볶는다.

在平底鍋內放入油，將入味的豬肉放入後拌炒。

❼ 볶은 고기에 청고추, 당근, 파, 양파를 넣고 센불로 볶는다.

接著加入青辣椒、胡蘿蔔、蔥、洋蔥後用大火炒即可。

⑤ 오징어볶음 炒魷魚

韓國料理中，用辣椒醬入味的料理非常多，炒魷魚也是其中之一。
有嚼勁的魷魚用辣椒醬料理過後，鮮豔的色彩是不是也讓你食指大
動呢？趕快一起做這道「炒魷魚」吧！

재료 材料

青辣椒　　　　　　　　　　　　魷魚

胡蘿蔔　　　　　　　　　　　　蔥

洋蔥　　　　　　　　　　　　　醬

馬鈴薯

주 재료 主材料

오징어 250g

．．．．．．．．．．．．

魷魚250g

부 재료 副材料

양파 70g (¼ 개), 당근 40g, 감자 90g (반 개), 청고추 2개, 대파 1 줄기

．．．．．．．．．．．．

洋蔥70g(¼顆)、胡蘿蔔40g、馬鈴薯90g（半顆）、青辣椒2支、蔥1根）

양념 재료 藥念材料

고추장 30g, 간장 10g, 고춧가루 5g, 설탕 15g, 마늘 5g, 생강즙5ml, 참기름 5ml, 소금 약간

辣椒醬 30g、醬油10g、辣椒粉 5g、糖 15g、大蒜 5g、薑汁 5ml、芝麻油 5ml、鹽 少量

❶ 오징어는 내장을 꺼내고 껍질을 벗기고 깨끗이 씻는다.

將魷魚的內臟取出，剝除外皮後清洗乾淨。

· 先將魷魚的頭切掉後，在魷魚上輕輕畫上一刀，外皮會更好剝除喔。

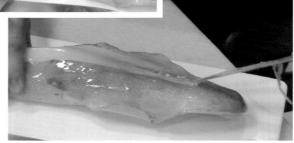

❷ 오징어는 통으로 동그랗게 썬다. 또는 반을 갈라서 안쪽에 어슷하게 잔 칼집을 낸 후 4cm정도로 썬다.

可以將魷魚切成輪狀，或是將魷魚對半切開，從內側打花刀，再切成約4公分大小。

· 魷魚切成輪狀快速又方便，而切塊後打花刀會讓料理過的魷魚看起來美觀又可口。

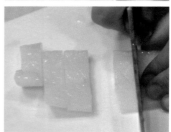

❸ 양파는 채 썰고, 당근과 감자도 납작하게 썬다. 파와 청고추는 어슷하게 썬다.

將洋蔥切成絲，胡蘿蔔和馬鈴薯切成薄片。蔥和青辣椒則斜口切段。

❹ 고추장, 고춧가루, 설탕, 마늘, 생강, 소금, 참기름을 넣고 양념장을 만든다.

將辣椒醬、辣椒粉、糖、蒜泥、薑汁、鹽、芝麻油攪拌後做成藥念醬。

· 如果不太能吃辣，建議辣椒粉和辣椒都不加，再減少辣椒醬即可。其實有些韓國炒魷魚甚至辣椒醬、辣椒粉、辣椒全都不加，只用醬油調味而已。

❺ 오징어와 양념을 함께 섞는다.

將魷魚和調味料混和在一起。

· 有時候會因為使用的醬油或鹽不同，味道
也跟著不同。為了避免太鹹或太淡，可以
將準備好的調味料只用⅓左右，其餘的留
下來，等差不多快煮好時，再依照自己對
鹽或辣的喜好，決定要不要多加。

❻ 프라이팬에 식용유를 두르고 양파와
당근을 볶는다.

在平底鍋放入一點油，先炒洋蔥和胡
蘿蔔。

❼ 양파, 당근과 감자가 익으면 오징어를 넣고 볶는다.

待洋蔥、胡蘿蔔和馬鈴薯煮熟後，放進已調味的魷魚拌炒。

❽ 마지막에 파와 청고추를 넣고 볶는다.

最後在加入蔥和青辣椒一起炒。

· 魷魚炒太久的話口感會過硬，因此所有
材料在短時間內炒好十分重要。

6 부대찌개 部隊鍋

部隊鍋意思就是「軍隊之鍋」，就像西歐的燜菜一樣，是濃厚的湯類料理。男女老少皆喜歡的部隊鍋的來源，說來其實有一點意外。在6.25韓國戰爭後，首爾的食物缺乏，有些人從在議政府駐軍的美軍部隊撿來用剩的熱狗、火腿罐頭與香腸等食物煮成鍋。而當時的美國總統為林登·詹森，引用了詹森這個姓氏，因此部隊鍋又有詹森鍋的別稱。

辣度：🌙🌙　份量：👫

재료 材料

泡菜
年糕
德式香腸
豬肉絞肉

藥念醬
火腿罐頭
蔥
洋蔥

주재료 主材料

사각햄 (스팸햄) 200g, 소시지 200g, 갈은 돼지 고기 100g

火腿罐頭200g,德式香腸100g,豬肉絞肉100g

부재료 副材料

멸치 다시마 육수 800ml (4컵), 김치 100g, 양파 70g (¼ 개), 파 15g(10cm), 가래떡 80g

小魚乾昆布高湯800ml（4杯）、泡菜100g、洋蔥70g（¼顆）、蔥15g（10cm）、年糕片80g

양념재료 藥念材料

고춧가루 20g, 고추장 10g, 간장 20g, 파 (5cm), 마늘 3ml, 청주 15ml

辣椒粉 20g、辣椒醬 10g、醬油 20g、蔥 （5公分）、蒜泥 3ml、清酒 15ml

❶ 멸치와 다시마, 그리고 물 4컵을 넣고 육수를 만든다.

將小魚乾、昆布還有4杯水放入鍋內後熬煮高湯。

· 高湯熬煮時間約30分鐘。

❷ 양념장을 만든다.

製作藥念醬。

❸ 사각 햄은 0.5cm 두께로, 소시지는 어슷썬다.

將火腿罐頭倒出後，以0.5公分的厚度切片。德式香腸斜口切片即可。

· 如果買不到火腿罐頭，也可
以只用德式香腸。

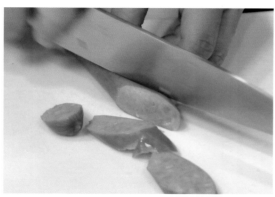

❹ 양파와 파는 굵게 채 썰고, 김치도 1cm 정도로 썬다.

洋蔥和蔥切塊，泡菜切成1公分大小。

❺ 냄비에 갈은 돼지 고기를 먼저 넣고 그 위에 준비한 야채와 김치, 햄을 돌려서 올린 뒤 양념장을 가운데 넣는다.

先將豬絞肉放置在鍋底，將準備好的蔬菜、泡菜、火腿等材料環繞鋪上後，從中間倒入藥念醬。

· 部隊鍋的材料其實很多變，蔬菜除了泡菜、洋蔥外，還可以放馬鈴薯、金針菇等，可以按照自己的口味做選擇喔！

❻ 육수를 붓고 불에 올려 끓인다.

倒入高湯後，開火煮。

· 剛才的醬料全部都倒下去了嗎？先可以留⅓起來，等部隊鍋煮滾後試試味道，不夠的話再加喔！

❼ 라면이나 치즈 등을 곁들이면 더 맛있다.

　加入拉麵或起司的話就更好吃了。

붓다 倒入

불리다 膨脹

담그다 浸泡

(즙) 짜다 榨（汁）

숙성하다 熟成

물기 빼다
瀝乾、去除水分

절이다 醃漬

껍질 벗기다 剝皮

재우다
抹上（藥念醬、調味料）

옷 입히다 裹上麵衣

씻다 洗

달구다 預熱

(거품, 기름) 걷다
撈（泡沫、油）

올리다 放上

蔬菜包飯文化 (쌈 문화)

야채에 고기와 양념을 싸서 입을 크게 벌 먹는 쌈은 TV에서 쉽게 볼 수 있다. 한국 음식의 특징 중 하나인 '쌈 문화'는 입을 크게 벌리고 한 입에 쌈을 먹어 복이 들어온다는 의미가 있다. 쌈은 상추나 배추, 깻잎과 여러 가지 산

나물을 이용한다. 쌈장은 된장을 주재료로 마늘, 양파, 고추 등을 알맞게 넣어 만든다. 집에서 고기를 구워 먹을 때에도 각종 야채를 곁들이고, 쌈장을 함께 먹는다. 쌈은 탄수화물인 밥과 단백질인 고기, 그리고 발효식품인 쌈장을 함께 먹어 영양 면에서도 훌륭한 음식 중 하나이다.

用蔬菜包著肉和包飯醬，張開大嘴一口吃掉的蔬菜包飯，在電視上常常會看到。「蔬菜包飯文化」是韓國料理的特徵之一，張開大嘴一口吃掉，是讓福氣進來的意思。包飯的蔬菜用的是萵苣或大白菜、紫蘇葉及各種生菜。製作包飯醬的主材料為韓式味噌，再加上適量地加上大蒜、洋蔥、辣椒等而成。在家裡吃烤肉時也一樣，會配各種蔬菜，加上包飯醬一起吃。「蔬菜包飯」以營養的角度來看，醣類的飯、含有蛋白質的肉以及發酵食品的包飯醬同時吃，是營養相當充足的食物之一。

Part 3

간식
點心

　　這裡即將要介紹的菜是正餐以外的點心，也就是辣炒年糕、海苔飯卷及煎餅！這些菜在韓國的「분식집」（麵食店）或「포장마차」（路邊攤）都可以吃到。韓國人愛吃的麵食類點心，各有其被喜愛的理由，藉由這個單元，我們不但能夠認識這些菜的做法，同時也能認識了解有趣的韓國飲食文化。附帶一提，本單元也介紹了台灣人喜愛的甜點「拔絲地瓜」喔！趕快看下去吧！

1 김밥 海苔飯卷　　　　　4 부추전 韭菜煎餅

2 떡볶이 辣炒年糕　　　　5 해물김치부침개 海鮮泡菜煎餅

3 라볶이 辣炒年糕泡麵　　6 고구마 맛탕 拔絲地瓜

①김밥 海苔飯卷

海苔飯卷是韓國人小時候校外教學時，人人會都帶的午餐，儘管長大成人，依然會很懷念那段時光，所以是一道爬山或郊遊等外出時一定想帶的食物。由於海苔飯卷不管攜帶、吃都很方便，而且做的時候加醋，天氣熱的時候比其他食物不容易壞掉，所以深受歡迎。

재료 材料

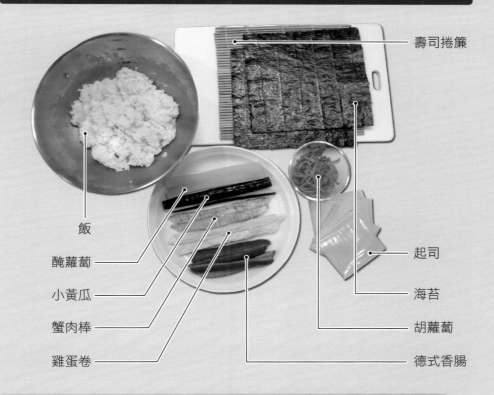

- 壽司捲簾
- 飯
- 醃蘿蔔
- 小黃瓜
- 蟹肉棒
- 雞蛋卷
- 起司
- 海苔
- 胡蘿蔔
- 德式香腸

주재료 主材料

김 2장, 밥 2인분, 소금 조금, 참기름 15ml, 식초 15ml, 통깨 15ml

海苔2張、飯2人份、鹽少量、芝麻油15ml、白醋15ml、芝麻15ml

부재료 副材料

단무지 2줄, 오이 반 개, 당근 3cm 정도, 햄 1 개, 맛살 2~4 개, 계란 1개

醃蘿蔔2條、小黃瓜半條、胡蘿蔔厚度約3公分、德式香腸1條、蟹肉棒2~4條、雞蛋1顆

재료 준비하기 準備材料

1 밥을 2인분 한다.

煮2人份的飯。

· 海苔飯卷做得好壞，關鍵就是飯的口感，不要太硬，
也不能太軟爛，如果能用壓力鍋，口感會更好。

2 오이는 끝 부분을 자르고 깨끗이 씻는다.

將小黃瓜根部切除後洗淨。

3 당근은 껍질을 벗기고 채 썬다.

將胡蘿蔔削皮後切絲。

김밥 만들기 動手做海苔飯卷

4 당근은 프라이팬에 기름을 두르고 소금으로 간을 하여 볶는다.

平底鍋倒入油，胡蘿蔔加鹽調味後炒熟。

5 햄은 뜨거운 물에 5분 정도 끓이거나, 적당한 크기
로 잘라서 프라이팬에 볶는다.

將德式香腸在水裡稍作汆燙，或切成適當的大小
後，放入平底鍋拌炒。

6 맛살과 단무지는 적당한 크기로 자른다.

將蟹肉棒及醃蘿蔔切成合適的大小。

· 將蟹肉棒和醃蘿蔔切成長條狀，方便捲入海苔飯卷。

· 在臺灣韓國醃蘿蔔取得不易，如果買不到可以使用日本醃蘿蔔。

· 臺灣賣的蟹肉棒通常大小剛好，可以直接使用，不需要特別切。如果買到韓國的，會比較厚，請切一半再使用。

7 계란은 풀어서 소금간을 한 후에 프라이팬에 한 번에 약한 불에 굽는다.

雞蛋攪拌後加入鹽，倒入平底鍋用小火煎煮。

· 煎雞蛋時要用中小火，以免蛋焦了。

· 當雞蛋煎到微熟時，就可以輕輕地將蛋捲起來，呈蛋卷狀。

8 오이는 씨 부분을 제거하고 단무지 크기로 자른다.

將小黃瓜去籽後，切成和醃蘿蔔同樣的大小。

❾ 밥에 소금, 식초, 참기름을 넣고 맛을 낸다.

將鹽、白醋、芝麻油加入飯中調味。

· 可以依照個人口味加一些醋在飯裡。加不加醋都可以喔。

❿ 김 발 위에 김을 올리고 그 위에 얇게 밥을 올린다. 끝에 3cm정도 남겨 둔다.

在壽司捲簾上放入海苔，再放上薄薄的一層飯。注意在上端留3公分不放飯。

· 做起司海苔飯卷時，只要鋪上飯後，先放上2張起司，之後再放其他食材即可。

⓫ 밥 가운데에 크기가 가는 순서대로 모아서 올린다.

從飯的中間將食材由細到粗一個一個放上。

⓬ 먼저 재료가 있는 부분까지 손으로 싸고, 나머지는 김발로 둥글려서 싼다.

用手先從有材料的部分包起來，接下來用壽司捲簾再捲成圓筒狀。

⓭ 5분 정도 후에 칼에 기름을 살짝 바르고 예쁘게 썰어 준다.

將海苔飯卷靜置5分鐘，在刀面上抹上一點油，再將海苔飯卷切成適當的大小。

· 若能靜置約5分鐘，會發現海苔飯卷變得更好切。

· 海苔飯卷一旦放入冰箱，飯就會硬掉不好吃，所以做的時候要適量。

· 當然每道菜都一樣，海苔飯卷也是剛做好的時候最好吃喔。

2 떡볶이 辣炒年糕

辣炒年糕是韓國學生下課餓的時候最想吃的小點心，所以學校附近一定會看到賣辣炒年糕的小攤子或店家。首爾東大門市場等大批發市場附近也有很多這樣的攤子，只要工作累了或逛街餓了，隨時可以吃辣炒年糕當點心。有些專家說辣椒裡面辣的成份有減少壓力、解毒的作用，所以不只小朋友，有念書壓力的學生或工作量很多的上班族等，人人都愛吃這道味道甜甜辣辣的辣炒年糕。

재료 材料

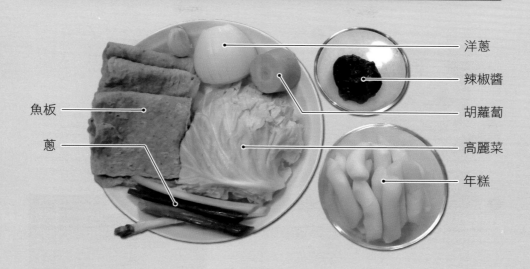

洋蔥
辣椒醬
胡蘿蔔
高麗菜
年糕

魚板
蔥

주 재료 主材料

떡볶이 떡 2인분 (150g), 사각 어묵 3장

· · · · · · · · · · · · · · · · · · ·

炒年糕用的年糕2人份（150g）、四方形魚板3張

부 재료 副材料

멸치 육수 250ml (1 ¼컵), 고추장 30g, 간장 15ml, 설탕 15ml, 양배추 140g (¼개), 당근 40g, 양파 60g (⅕개), 파 15g (10cm, 3~5개)

· · · · · · · · · · · · · · · · · · ·

小魚乾昆布高湯250ml（1¼杯）、辣椒醬20g、醬油15ml、糖15g、高麗菜140g（¼顆）、胡蘿蔔40g、洋蔥60g（⅕顆）、蔥15g（10cm，3~5根）

❶ 떡볶이 떡을 물로 잘 씻은 후 물에 담근다.

年糕用清水稍作清淨後，泡在水中（時間約15～20分鐘。

· 年糕泡水的作用除了是將年糕的油質洗掉，另一方面也可以讓年糕更快熟、更容易入味。

❷ 멸치와 다시마로 30분 이상 육수를 끓인다.

用小魚乾及昆布熬煮高湯，時間約30分鐘。

· 沒有小魚乾昆布熬煮而成的高湯，也可以用一般飲用水或市售昆布口味的高湯粉來調味。

❸ 어묵은 큼지막하게 썬다.

將魚板切大塊一點。

· 韓國在煮辣炒年糕時，習慣將魚板切成三角形，有興趣的話也可以這麼切切看喔！

· 在一般超市不容易買到韓國的四方形魚板，可以在永和的韓國街（中興街）買到。買不到韓國魚板的話也沒關係，可以用臺灣的甜不辣代替。

❹ 당근과 양파는 껍질을 벗기고 당근은 납작하게, 양파는 채 썬다.

胡蘿蔔和洋蔥去除外皮後，再將胡蘿蔔切片，洋蔥切絲。

· 大量的蔬菜可以讓這道料理的口感更清
  爽，吃起來更健康。

❺ 파와 양배추는 씻어서 큼지막하게 썬다.

將蔥和高麗菜切成大塊。

6 냄비에 멸치 육수를 넣고, 고추장과 설탕으로 맛을 낸다.

將高湯倒入鍋內，再放入辣椒醬及糖調味。

7 떡볶이를 넣고, 떡볶이가 익으면 어묵과 야채, 파를 넣고 끓인다.

將年糕放入，待年糕熟了之後，再放入魚板、蔬菜及蔥。

· 加入年糕後的高湯，會慢慢變得濃稠。

· 若要避免年糕燒焦的話，要經常翻炒喔！

8 마지막에 간장으로 간을 본다.
最後放入醬油調味。

· 盛盤後的辣炒年糕可以撒些芝麻,會更香
更好吃!

3 라볶이
辣炒年糕泡麵

辣炒年糕泡麵其實是從辣炒年糕衍生而來的混合料理，可說是韓國速食中非常具代表性的小點心。這道廣受青少年歡迎的料理，除了可以當作點心外，即使當作正餐來吃，也有充分的飽足感。

재료 材料

小魚乾昆布高湯

魚板

年糕

泡麵

蔥

高麗菜

水煮蛋

洋蔥

辣椒醬

주재료 主材料

라면 반 개, 떡볶이 떡 100g, 삶은 계란 2개, 어묵 2장

∙∙∙∙∙∙∙∙∙∙∙∙∙∙∙∙∙∙∙∙∙∙∙∙∙∙∙∙∙

泡麵半包、炒年糕用的年糕100g、水煮蛋2個、魚板2張

부재료 副材料

멸치 육수 300ml (1.5컵), 고추장 30g, 고춧가루 10ml, 간장 15ml, 설탕 10g, 마늘 5g, 파 1줄기, 양파 60g (¼개), 양배추 140g (¼ 개), 후추 조금

∙∙∙∙∙∙∙∙∙∙∙∙∙∙∙∙∙∙∙∙∙∙∙∙∙∙∙∙∙

小魚乾昆布高湯300ml（1.5杯）、辣椒醬30g、辣椒粉10ml、醬油15ml、糖10g、大蒜5g、蔥1根、洋蔥60g（¼顆）、高麗菜140g（¼顆）、胡椒少量

재료 준비하기 準備材料

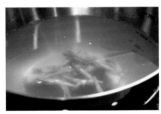

❶ 멸치와 다시마를 넣고 육수를 끓인다.

用小魚乾及昆布熬煮高湯。

· 小魚乾昆布高湯熬煮時間約30分鐘。

❷ 물에 떡을 담가서 불린다.

將年糕泡水軟化。

· 可將年糕泡水15〜20分鐘，一來可以讓年糕容易煮透，還可以將年糕外的油脂洗掉。

❸ 계란을 삶는다.

煮水煮蛋。

라볶이 만들기 動手做辣炒年糕泡麵

❹ 멸치 육수에 마늘, 고추장, 간장, 설탕을 넣는다.

在高湯裡加入蒜泥、辣椒醬、醬油、糖。

❺ 떡과 라면, 어묵, 계란을 넣는다.

再放進年糕、泡麵、魚板和水煮蛋。

❻ 마지막에 야채를 넣는다.

最後放入各種蔬菜。

· 盛盤後可以撒上芝麻，增加香氣。

· 若依照本調理提示的辣椒醬和辣椒粉的份量，做出來的辣炒年糕泡麵會很辣，所以喜歡吃辣的人可以試試看。但如果不太會吃辣，建議不要加辣椒粉，且辣椒醬也改成20g就好，吃之前試一下，味道不夠再用醬油調味。

4 부추전 韭菜煎餅

韓國有「下雨天時就想吃煎餅」的說法，那是因為下雨時滴滴答答的雨聲讓人聯想到做煎餅時吱吱作響的油炸聲。下次也在下雨天時，來料理一道好吃的韭菜煎餅吧！

재료 材料

胡蘿蔔	雞蛋	藥念（沾醬）
韭菜	水	麵粉

주 재료　主材料

밀가루 500g (2 ½컵), 부추 1
단, 당근 40g (¼개)

· ·

麵粉500g（2½杯）、韭菜1
把、胡蘿蔔40g（¼個）

부 재료　副材料

물 350ml (1 ¾컵), 계란 1개, 소
금 5g

· ·

水350ml（1¾杯）、雞蛋1
個、鹽5g

양념 재료　藥念材料

간장 15ml, 고추가루 1g, 참기름　⋮　醬油15ml、辣椒粉1g、芝麻油
2ml, 파 조금　　　　　　　　　　　⋮　2ml、蔥 少量

❶ 부추는 뿌리 부분을 깨끗이 씻거나 자르고, 잎을 다듬어 깨끗이 씻어 준다.

先將韭菜根部洗乾淨或切掉，再挑揀韭菜葉後沖洗乾淨。

❷ 부추를 4cm 정도로 자른다.

將韭菜以4公分大小切段。

❸ 당근은 얇게 채 썬다.

將胡蘿蔔切絲。

부추전 만들기 動手做韭菜煎餅

❹ 볼에 밀가루와 물의 비율을 1 : 0.7비율로 넣고 계란 한 개를 넣어서 잘 저어 준다.

在碗裡倒入麵粉和水，麵粉和水的比例是1：0.7，之後再打一顆雞蛋一起攪 拌。

· 雞蛋可以增加煎餅的香味與黏著性，是這道料理很重要的材料喔！

· 只要將蛋白和蛋黃攪拌均勻即可，不需要打至起泡。

· 麵粉請使用中筋麵粉，但如果有特製煎餅的麵粉會更好吃。在韓國街可以買到 「부침가루」煎餅專用麵粉。

· 將麵粉、水和雞蛋攪拌至濃稠能滴落的程度即可。

❺ 부추와 당근을 넣고 소금으로 간을 한다.

將韭菜和胡蘿蔔放進攪拌好的麵糊裡，再用鹽調味。

· 可以嘗一下殘留在鍋邊的麵糊的味道。

❻ 프라이팬에 기름을 두르고 가운데부터 펴서 반죽을 올린다. 반죽이 얇아야 쫄깃하고 맛있다.

在平底鍋內均勻倒入沙拉油，從平底鍋中央開始鋪上麵糊。麵糊要放薄一點，才會有嚼勁。

· 油量不能太少，才能煎出酥脆好吃的口感。

· 可以將辣椒切薄片，擺在麵糊上當作點綴。

· 當麵糊邊緣呈現微黃、餅皮半熟時，就是翻面的好時機。

· 兩面煎得微焦、發出陣陣香氣，香酥好吃的韭菜煎餅就完成啦！

❼ 양념장과 함께 부추전을 먹는다.

最後再沾上藥念醬一起享用。

完成囉！

5 해물김치부침개
海鮮泡菜煎餅

韓國料理中油炸的食物較少，但煎餅卻十分多樣。韓國的煎餅較薄，呈片狀，有特定的樣子和大小。種類多樣的煎餅除了上一篇的韭菜煎餅外，還有馬鈴薯煎餅、蛤蠣海鮮煎餅、及泡菜煎餅等，不管一般用餐、當下酒菜、或用來祭祀都很合適。

재료 材料

麵粉

櫛瓜

香菇

雞蛋

洋蔥

蝦子

花枝

紅辣椒

泡菜汁

泡菜

주 재료　主材料

김치 250g, 오징어 150g, 새우 70g, 양파 70g (¼개), 버섯 2 개, 애호박 반 개, 홍고추 1 개

• • • • • • • • • • • • • • • • • • • •

泡菜250g、花枝150g、蝦子 70g、洋蔥70g（¼棵）、香菇 50g（2朵）、櫛瓜半條、紅辣 椒1支

부 재료　副材料

밀가루 500g (2 ½컵), 계란 1 개, 물 350g (1 ¾컵), 김치 국물 30ml, 소금 조금

• • • • • • • • • • • • • • • • • • • •

麵粉500g（2½杯）、雞蛋1 顆、水350ml（1¾杯）、泡菜 汁30ml、鹽少量

❶ 김치를 적당한 크기로 썬다.

將泡菜切成適當的大小。

· 市售的泡菜有時是整顆的白菜，必須切成適合的大小才方便調理食用。

❷ 오징어와 새우의 내장을 빼고 적당한 크기로 썬다.

將魷魚的外皮剝除，再把魷魚和蝦子的內臟清除乾淨，最後分別切成適當的大小。

· 花枝取出內臟、硬骨和肚子裡的薄膜，切成輪狀。

· 蝦子去殼，挑出泥腸。

❸ 양파와 다른 채소도 채 썬다.

將洋蔥和其他蔬菜都切成絲。

해물김치부침개 만들기 動手做海鮮泡菜煎餅

❹ 볼에 밀가루와 물의 비율을 1 : 0.7비율로 넣고 계란 한 개를 넣어서 잘 젓는다.

在碗裡放入麵粉和水，以1：0.7的比例調配後，打一顆雞蛋一起攪拌。

· 將麵糊攪拌到像水
  能夠滴落的程度。

❺ 양파와 그 밖의 채소를 넣고 소금으로 간을 한다.

將洋蔥和其他蔬菜放進麵糊，用鹽調味。

· 通常小的紅辣椒用於強調辣味，大的（長的）紅辣椒用於裝飾。做煎餅時，若
  想用大的紅辣椒來裝飾的話，可在煎的時候再放上去，顏色會更鮮豔、看起來
  更可口。

❻ 해물과 김치를 넣고, 김치 국물을 넣어 맛을 내고 색깔도 낸다.

再放入海鮮和泡菜，加入泡菜汁，不但能提味還能增加麵糊的顏色。

· 如果擔心海鮮會不熟，可以先將魷魚和蝦仁稍微煎過，或燙至七、八分熟再放入。如此一來，還可以縮短料理煎餅的時間喔。

· 麵糊攪拌後可以試一下味道，再視個人口味加入鹽調味。

❼ 프라이팬에 기름을 두르고 가운데부터 펴서 반죽을 올린다.

在平底鍋內倒入適量的油，從鍋子的中間慢慢鋪上麵糊。

· 麵糊要薄，才會有嚼勁。

❽ 해물까지 충분히 익도록 불을 잘 조절 해서 충분히 익힌다.
為了讓海鮮也能充分地煎熟，要適時地調整火候大小，才能將煎餅煎熟。

· 在等候煎餅完成的同時，可以調製沾醬，以2：1的比例調配醬油與白醋，還可以撒些辣椒粉、芝麻與蔥花。

原來～
這樣簡單

6 고구마 맛탕
拔絲地瓜

拔絲地瓜是一道受女生和小孩喜愛的點心。地瓜含有豐富的醣分、維他命C和纖維，對減肥或便秘很有效。如果擔心油炸的熱量，也可以用最近流行的氣炸的方式來料理。現在，就讓我們開始做這道簡單又好吃的傳統點心吧！

재료 材料

糖漿 ——

堅果 ——

地瓜 ——

주 재료 主材料

고구마 약 350g (2개)

· ·

地瓜約350g（2個）

부 재료 副材料

기름, 물, 설탕, 조청 (물엿), 검은 깨 혹은 견과

· ·

油、水60ml、糖30g、糖稀
（或麥芽糖）90ml、黑芝麻或
堅果20g

· 糖稀：與麥芽糖相似，呈透
明狀。

❶ 고구마를 잘 씻어서 껍질을 벗긴다.

將地瓜清洗乾淨後去除外皮。

❷ 고구마를 큼지막한 크기로 썬다.

將地瓜切成大塊狀。

고구마 맛탕 만들기 動手做拔絲地瓜

❸ 고구마를 기름에 넣고 두 번 튀긴다.

將地瓜放進油裡炸2次。

· 第1次先炸到金黃色時就可以取出，等油
溫下降後再炸第2次。之所以要分2次炸
是為了炸熟，也是為了避免炸到焦掉，且
顏色也比較好看。建議第1次炸的時候不
要炸太久，取出後放在廚房紙巾上去油，
待第2次再炸時，才炸到顏色呈黃色。

❹ 잘 튀겨진 고구마를 키친 타월에 올려
기름을 뺀다.

炸好的地瓜放在廚房紙巾上，讓地瓜的油
份吸走。

❺ 물, 설탕, 조청의 비율을 2：1：3으로 하여 시럽을 만든다.

以2：1：3的比例調和水、糖、糖稀（或麥芽糖）做成糖漿。

- 以2：1：3的比例來調製糖漿，甜度和濃度都剛剛好。但如果喜歡更甜的味道，只用糖和水也可以做出拔絲地瓜的糖漿。加多一點糖可以提高甜度，糖漿沒有熱氣時會更黏稠。

- 糖水倒入麥芽糖，加熱攪拌至呈焦糖色再滾煮2～3次即可。

❻ 시럽이 끓으면 고구마를 넣고 잘 섞는다.

糖漿煮好後放入地瓜攪拌。

- 將炸地瓜及糖漿做攪拌後，撒上黑芝麻或搗碎的核桃，看起來超美味的！

❼ 시럽이 식고나서 실 처럼 늘어지면 완성이다.

當糖漿沒有熱氣，能拉得像絲一樣黏稠就完成了。

韓國料理中，常見和「切」有關的單字

 자르다 切斷

 다지다 切碎

 썰다 切

 갈다 磨碎

 납작하게 썰다 切片

 큼지막하게 썰다 切塊

 어슷 썰다 斜口切

 적당하게 썰다 切適當的大小

 채 썰다 切絲

 무치다 拌

 송송 썰다 切細

 싸다 包

郊遊及海苔飯卷 (소풍과 김밥)

김밥은 소풍 때 어김없이 등장하는 한국인이 즐겨먹는 음식이다.

그 종류는 다양해서 참치, 소고기, 치츠, 카레, 돈가스, 김치 등등이 있고, 만드는 모양에 따라 누드 김밥, 삼각 김밥, 꼬마 김밥 등등이 있다. 또 특별하게 통영에서 유명한 충무김밥이 있다. 통영은 한국의 경상남도(지도에서 동남쪽, 바다와 인접해 있다)에 있고, 밥을 김에 싸서 따로 나오는 오징어 무침과 깍두기를 곁들여 먹는 김밥이다.

김밥은 종류도 많고 먹을 때 아주 간편하지만 만들 때는 재료를 준비하고 만드는데 많은 시간이 걸린다. 하지만 남녀노소를 막론하고 누구나 좋아하고 가격도 싸고 즐겨 먹는 음식임에는 틀림없다.

海苔飯卷是郊遊時一定會帶、韓國人喜歡吃的料理。

它的種類多樣，有鮪魚、牛肉、起司、咖哩、豬排、泡菜、紫蘇葉等，以做法來分的話有裸體飯卷（外面是飯，裡面包海苔）、三角飯糰、迷你海苔飯卷等。更特別的是來自「統營」有名的忠武海苔飯卷。統營位於韓國的慶尚南道（韓國地圖的東南邊，臨海），除了用海苔包白飯以外，還提供的涼拌魷魚和蘿蔔泡菜一起吃。

雖然海苔飯卷種類多樣，攜帶和吃的時候也很簡單方便，但其實是一道在準備材料與包菜等步驟上較費時的料理。然而不可置否的是，這是一道男女老少任誰都喜歡的料理。

Part 4

반찬
小菜

　　韓國料理主食為飯或麵，副食會有各種小菜，小菜中最代表性的就是泡菜。餐桌上飯和湯會每個人各有一份，但小菜會擺在中間大家一起吃，也表示一起吃飯的人是像家人一樣很熟的人。韓國的小菜有泡菜、生菜、燙青菜、炒菜或肉、烤肉或魚、蒸肉、煎肉或餅、燉肉或魚等。這裡要介紹大家最喜愛的兩種泡菜及四種小菜，要提醒大家，這些小菜最好一次只做一餐份量，因為這樣最美味！

1　깍두기 蘿蔔泡菜

2　콩나물무침 涼拌黃豆芽菜

3　시금치무침 涼拌菠菜

4　가지무침 涼拌茄子

5　어묵볶음 炒魚板

6　배추김치 泡菜

1 깍두기 蘿蔔泡菜

蘿蔔泡菜的韓語**깍두기**（發音「ggag-du-gi‧嘎度ㄍㄧ」）這名稱有個相當可愛的由來，那是因為在切蘿蔔時，刀子與砧板的碰撞有**깍둑 깍둑**（發音「ggag-duk ggag-duk‧嘎度嘎度」）聲響，因此韓語就稱為**깍두기**。

辣度： 份量：約2個人吃2星期左右的份量

재료 材料

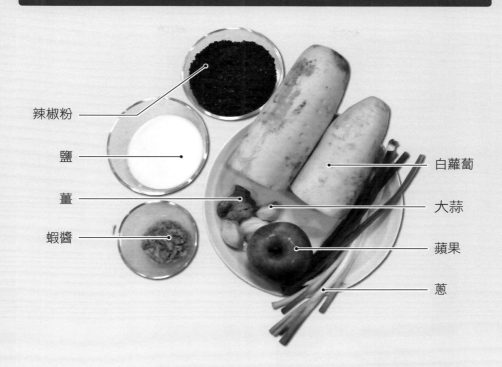

辣椒粉

鹽

薑

蝦醬

白蘿蔔

大蒜

蘋果

蔥

주재료 主材料

무 950g (1 개)

....

白蘿蔔950g（1個）

부재료 副材料

고춧가루 15g (1컵), 소금 50g,
파 3줄, 마늘 30g, 생강즙 5ml,
젓갈 10g, 설탕 15g, 사과 반 개

....

辣椒粉15g（1杯）、鹽50g、
蔥3根、大蒜30g、薑汁15ml、
蝦醬10g、糖15g、蘋果半顆

❶ 무는 먹기 좋은 크기로 썰어서 소금을 넣고 1시간 정도 절인다.

蘿蔔切成適當的大小,用鹽醃漬,約1個小時。

· 雖然白蘿蔔是一年四季都可以買到的食材,但在10～11月醃菜季節所生產的白蘿蔔特別甜美又飽滿。

· 白蘿蔔醃好放置約40分鐘後,可以先挑一塊,用水清洗鹽分後試吃。

· 若味道偏鹹,那麼可以在調製藥念醬時做調整。

❷ 파는 잘 씻어서 4cm크기로 썬다.

蔥洗好後,切長約4公分的蔥段。

· 蔥不但能提升蘿蔔泡菜的口味,還能增添色澤。

❸ 마늘, 생강은 다지고, 생강은 즙을 짜서 준비한다.

將大蒜、薑母磨成泥，將生薑榨成汁後備用。

❹ 다 절인 무는 물로 씻고, 채에 받친 후에 물기를 뺀다.

醃好的蘿蔔用水清洗後，用篩網瀝乾水份。

❺ 사과는 잘 씻어서 껍질을 벗기고 간다.

蘋果洗好之後，削皮磨碎。

❻ 무에 고춧가루를 넣고 버무린다.

將辣椒粉放進蘿蔔裡，拌一拌。

· 放辣椒粉時，不要一次放太多，可以邊放
邊拌，觀察蘿蔔的色澤。

· 大約擱置10分鐘左右，是為了讓蘿蔔將辣椒粉的顏色吃進
去。

❼ 잠시 후에 무에 파, 마늘, 생강즙, 새우젓, 간 사과를 넣는다.

過了一段時間後，將蔥、大蒜、薑汁、蝦醬、蘋果泥放進蘿蔔裡。

❽ 맛을 본 후에 소금과 설탕으로 간을 한다.

試吃後，再用鹽和糖調味。

煮好了嗎？
我餓了！

2 콩나물무침
涼拌黃豆芽菜

黃豆芽菜多用於做湯或涼拌，是一般家庭常用的食材。它含有豐富的蛋白質、鈣和鉀，料理起來也相當方便。而涼拌黃豆芽菜在韓國飯桌上經常出現，喀嚓喀嚓脆脆的口感又有芝麻油的香味，所以深受喜愛，真可稱為韓國國民小菜。

재료 材料

黃豆芽菜

辣椒粉

大蒜

蔥

주 재료 主材料	부 재료 副材料
콩나물 1봉지	마늘 1개, 고춧가루 5g, 참기름 5ml, 파 조금, 소금 조금
黃豆芽菜1包	大蒜1小顆、辣椒粉5g、芝麻油 5ml、蔥少量、鹽少量

재료 준비하기 準備材料

❶ 콩나물은 다듬어서 잘 씻는다.

將黃豆芽菜挑揀後沖洗乾淨。

· 黃豆素有「從田裡長出的牛肉」之稱，就如所言，雖然有豐富的蛋白質與脂肪，但卻沒有維他命C。但黃豆一旦長成黃豆芽菜，它的芽就會帶有很多營養素。

❷ 파는 송송 썰고, 마늘은 다진다.

將蔥切成蔥花，蒜頭磨成泥。

콩나물무침 만들기 動手做涼拌黃豆芽菜

❸ 콩나물은 끓은 물에 뚜껑을 열고 5분정도 삶는다.

將黃豆芽菜放入滾水中，不要蓋鍋蓋，汆燙5分鐘左右。

· 在燙黃豆芽菜時，不蓋上鍋蓋，是為了避免燙好的黃豆芽菜有味道。

❹ 삶을 때 소금을 넣는다.

汆燙時加入鹽。

❺ 익힌 콩나물을 채에 받쳐서 물기를 빼 준다.

汆燙好的黃豆芽菜用濾網將水分瀝乾。

❻ 익힌 콩나물에 소금, 고추가루, 다진 마늘, 참기름을 넣는다.

將鹽、辣椒粉、蒜泥、芝麻油加入燙熟的黃豆芽菜裡。

· 撒上辣椒粉的黃豆芽菜，色澤更加豐富，看起來也更可口。

❼ 맛을 보고 소금으로 간을 맞춘다.

試吃味道後，可用鹽再調味。

· 做好的涼拌黃豆芽菜，放太久的話會一直出水，改變口感，因此建議做適量的份量，當餐吃完。

③ 시금치무침
涼拌菠菜

涼拌菠菜是 β-胡蘿蔔素及葉酸的寶庫。雖然菠菜營養價值高，但也含有大量的草酸，如果和芝麻一起吃的話，便能讓人體減少吸收草酸。另外菠菜含有豐富的維他命C，能夠促進吸收芝麻中的鐵。如此說來，涼拌菠菜真是一道營養的小菜呢！

재료 材料

菜菜

日式醬油

大蒜

주 재료 主材料

시금치 1봉지

....

菜菜1包

부 재료 副材料

마늘 1개, 일본식 간장 15ml, 참기름 5ml, 소금 조금

....

大蒜1小顆、日式醬油15ml、芝麻油5ml、鹽 少量

재료 준비하기 準備材料

❶ 시금치를 잘 다듬어서 씻는다.

將菠菜挑揀後清洗乾淨。

❷ 마늘은 다진다.

將蒜頭磨成泥。

시금치무침 만들기 動手做涼拌波菜

❸ 시금치를 끓는 물에 살짝 데친다.

將菠菜放入滾水中稍做汆燙。

· 為避免營養素被破壞，菠菜建議汆燙後再切。

❹ 데친 시금치를 찬물로 씻고, 물기를 꼭 짜준다.

將汆燙過的菠菜用冷水沖洗，再瀝乾水分。

· 菠菜經汆燙後，不僅可讓纖維變得更柔軟，還能夠讓身體吸收菠菜本身含有的天然色素。

❺ 적당한 크기로 자른 후에 마늘과 간장, 참기름으로 맛을 낸다.

將菠菜切成適當的大小後，用蒜頭、醬油、芝麻油調味。

· 菠菜切成段，約4公分即可。

❻ 맛을 본 후 부족한 간은 소금으로 낸다.

試吃味道後，再依口味用鹽做調整。

· 可以放上搗碎的豆腐或芝麻粉，味道會
更好。

4 가지무침 涼拌茄子

甜甜辣辣的醬料與味道清淡的茄子相遇。茄子含有鈣、磷及維他命A、C，可以降低血液理的膽固醇濃度，防止動脈硬化，是一道既美味還能兼顧健康的料理。

份量：👨👨

재료 材料

茄子 ────────

蔥 ────────

日式醬油 ────────

주 재료 主材料

가지 1개

· ·

茄子1條

부 재료 副材料

일본식 간장 15ml, 파 1줄기(약 10cm정도), 참기름 10ml, 설탕 10g, 소금 조금

· ·

日式醬油15ml、蔥1根（約10公分長）、芝麻油10ml、糖10g、鹽少量

재료 준비하기 準備材料

❶ 가지를 잘 씻고 삼등분 한다.

將茄子洗好，切成3等分。

❷ 파는 잘게 썬다.

將蔥切成蔥花。

가지무침 만들기 動手做涼拌茄子

❸ 자른 가지를 끓는 물에 살짝 데친다.

切好的切茄子在滾水中稍作汆燙。

· 茄子也可以用蒸煮的方式來處理，在
  蒸茄子時最好蓋上鍋蓋，中途不要打
  開，可以避免茄子變色。

· 茄子切好後，在汆燙或蒸煮時，只需
  要1〜2分鐘左右，這是避免茄子變形
  或太過熟爛而影響了口感。

❹ 삶은 가지를 물로 씻고 채에 받쳐서 물
기를 빼 준다.

汆燙過的茄子用水沖洗後，將水份擠出。

· 先將茄子裡的水份擠乾，待放入醬料後，
  茄子後來還會釋放出的微量水份。而此水
  份與調味醬汁融合後，味道會更好。

❺ 볼에 가지를 넣고 소금, 설탕, 참기름, 일본식 간장, 통깨로 간을 한다.

　碗裡放入茄子，用鹽、糖、芝麻油、日式醬油、芝麻來調味。

❻ 파를 넣고 부족한 간은 소금으로 한다.

　放入蔥，味道不夠的話再用鹽調味。

· 如果喜歡辣味涼拌茄子，再放少許的辣椒粉及糖就可以了。

· 涼拌茄子完成後可以保鮮和冷藏。但茄子很容易就變質，且模樣會較不美觀，因此最好盡快吃完。

5 어묵볶음 炒魚板

炒魚板也是韓國家常菜中常見的小菜之一,在食材準備與料理方式上都十分簡易,小朋友也很喜歡,因此深受歡迎。魚板的料理方法相當多樣,除了現在示範的炒魚板外,還可以當作辣炒年糕的配料,也能夠煮一鍋熱騰騰的魚板湯喔!

재료 材料

魚板

大蒜

胡蘿蔔

藥念醬

주재료 主材料

사각어묵 3장

. . . .

四方形魚板3張

부재료 副材料

당근 20g(2cm), 마늘 1개), 참기름 10ml, 후추 조금, 간장20ml, 설탕5g, 맛술5ml, 물 30ml

. . . .

胡蘿蔔20g（2公分）、大蒜1小顆、芝麻油10ml、胡椒少量、醬油20ml、糖5g、清酒少量、水30ml

❶ 사각어묵을 끓는 물에 살짝 데친다.

將四方形魚板在滾水中稍作汆燙。

‧ 四方形魚板也可以用甜不辣來替代喔！

‧ 利用汆燙的動作，可以將魚板表面的油質除去。

❷ 사각어묵을 적당한 크기로 채 썬다.

將四方形魚板以適合的大小切成絲。

‧ 切絲的寬度約
1公分即可。

❸ 일본식 간장, 맛술, 후추, 물을 넣고 양념장을 만든다.

用日式醬油、清酒、胡椒、蒜泥、水做成藥念醬。

어묵볶음 만들기 動手做炒魚板

❹ 프라이팬에 기름을 두르고 먼저 당근을 볶고 마늘과 썬 어묵을 넣고 볶는다.

平底鍋加點油，先放入胡蘿蔔絲拌炒後，再加入蒜泥和切成絲的魚板一起炒。

· 在拌炒魚板時，可以撒入胡椒調味。

❺ 볶은 어묵에 양념장을 넣고 맛을 낸다.

將藥念醬倒入魚板中，加些麥芽糖提味。

· 拌炒時，若有感覺會燒焦，可以再加點水。

❻ 후추와 통깨, 참기름으로 맛을 낸다.

用胡椒和芝麻、芝麻油調味。

6 배추김치 泡菜

韓國的泡菜總類多元，其中最具代表性的，非大白菜泡菜莫屬。在韓國，泡菜也會因地方不同，在做法上有所變化。在北部因為氣候寒冷，辣椒粉使用量較少，以白泡菜、蘿蔔大白菜泡菜及整棵蘿蔔泡菜聞名，至於全羅北道則是以辣泡菜、慶尚南北道則是以鹹泡菜

辣度： 🌶🌶　份量：🧍🧍🧍🧍

재료 材料

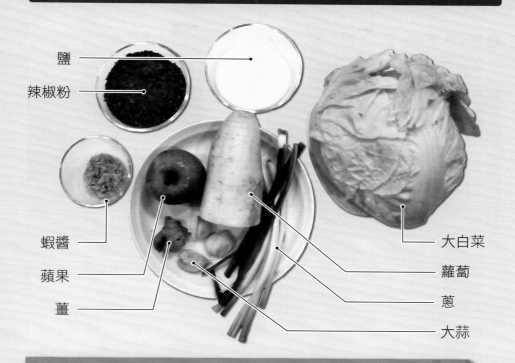

鹽

辣椒粉

蝦醬

蘋果

薑

大白菜

蘿蔔

蔥

大蒜

주재료 主材料

배추 944g (1 개), 무 300g (반 개)

．．．．．．．．．．．．．．．．．．．．．．

大白菜944g（1顆）、蘿蔔300g（半顆）

부재료 副材料

고춧가루 30g, 마늘 15g, 생강 즙 10ml, 파 3줄, 사과 100g (반 개), 새우젓 10g, 설탕 10g, 소 금 50g

．．．．．．．．．．．．．．．．．．．．．．

辣椒粉30g、大蒜15g、薑汁10ml、蔥3根、蘋果 100g（半顆）、蝦醬10g、糖10g、鹽50g

❶ 배추는 소금을 골고루 뿌려서 1.5시간 정도 절인다. (위 아래로 자주 섞어 준다.)

將大白菜灑上鹽，醃漬1.5個小時左右。（要經常上下攪動）

· 因為臺灣大白菜與韓國大白菜不同，所以醃漬時間也會有所不同。臺灣大白菜醃漬的時間約1.5～2小時，韓國大白菜則是2～5小時。季節也會影響大白菜醃漬的時間，夏天因為溫度高，可以縮短醃漬時間，冬天則因為氣溫較低，需要拉長醃漬時間。

· 醃漬大白菜時，若用的鹽份量多，也會縮短醃漬的時間。

· 可以從大白菜的葉梗，來判斷醃漬時間是否充足。當葉梗呈現自然彎曲的狀態時，即表示醃漬的時間已足夠。

· 如果想做出接近韓國口味的泡菜，可以選用韓國大白菜、山東大白菜或日本大白菜。此次示範料理使用臺灣最常見的臺灣大白菜。

② 무는 채썰고, 파는 4cm 정도로 썬다

將蘿蔔切成絲，蔥切成長約4公分的蔥段。

③ 마늘은 다지고, 생강은 갈아서 즙을 낸다.

接著將大蒜磨成泥，將生薑磨出薑汁。

배추김치 담그기 動手做大白菜泡菜

⑤ 절인 배추를 물로 씻고 채에 받쳐서 물기를 빼 준다.

醃好的大白菜清洗後，用篩網瀝乾水份。

· 在做泡菜的步驟當中，瀝乾水份相當重要。建議至少花1個小時來瀝乾水份。

❻ 채썬 무에 고춧가루, 새우젓, 소금, 마늘, 생강즙, 파를 넣는다.

將辣椒粉、蝦醬、鹽、大蒜、薑汁、蔥放入蘿蔔絲中。

魚露

蝦醬

· 魚露及蝦醬是韓國醃漬泡菜時常用的2種醬料。在臺灣不容易買到韓國的蝦醬，可以用在臺灣超市取得容易的魚露，臺灣較常看到的魚露是「發酵鳳尾魚醬」，在韓國會用「까나리액젓 發酵玉筋魚醬」或「멸치액젓 發酵鳳尾魚醬」。這些2種醬汁的都味道很重，建議加一湯匙左右，先嚐看看味道，不夠的話再加一些。

❼ 여기에 소금과 설탕으로 간을 하고 사과를 넣는다.

再加入鹽、糖調味，接著放入蘋果。

· 通常調製藥念醬時會加入梨子，但因為水果有季節性，所以沒有梨子時可以用蘋果。而添加生牡蠣會讓泡菜更加美味。

❽ 물기를 뺀 배추에 준비한 양념을 섞고 맛을 보아 완성한다.

將準備好的藥念醬放進瀝乾水份的大白菜，拌勻後，調味完成。

· 醃好的大白菜要放在室外1天左右才可以放進冰箱，然後再過2天左右就可以開始嚐味道。

· 開始發酵的大白菜泡菜味道，因人而異，不一定人人都喜歡，約過了1～2個星期後，味道就會剛剛好。

· 蘿蔔泡菜和大白菜泡菜都是發酵食品，因此可以在冰箱冷藏1～2個月左右，放太久會變很酸不好吃喔。

· 泡菜的美味保存法：
由於臺灣氣候與韓國相比較為濕熱，所以雖然有利於泡菜發酵，但保存時間也會比較短。再加上每個廠牌的冰箱效能不同，也會影響泡菜的保存，但一般可以冷藏約2～3個月。儘管如此，還是建議每次都只做可以提供1～2個月食用的份量就好。
至於這次的示範，因為份量少，建議在1個月內吃完！

오이 小黃瓜

 숙주나물 綠豆芽菜

 시금치 菠菜

 깻잎 紫蘇葉

 가지 茄子

 무 蘿蔔

 애호박 櫛瓜

 미역 海帶

 미나리 芹菜

 부추 韭菜

 콩나물 黃豆芽菜

 버섯 菇類

三色菜及韓國的元宵節 (정월 대보름)

음력 1월 15일을 '정월 대보름'이라
고 한다. 대보름은 달이 가장 크고 밝
은 날이라는 뜻이 있다. 마을 사람들이
다 함께 풍년을 위해 신에게 제사를 지
낸다. 사람들은 묵은 나물과 오곡밥을
먹었다. 오곡밥은 대체로 찹쌀, 찰수수,
팥, 차조, 콩의 다섯가지 재료를 넣어

지은 밥이다. 오행의 청, 적, 황, 백, 흑의 색이 도는 곡식으로 만들어 건강과 균형
을 상징한다. 요즘은 잣, 대추, 밤 등을 넣어 오곡밥을 짓는다. 일년 내내 좋은 일
이 있기를 바라는 마음으로 아홉가지 나물을 먹었다. 늦가을이 되면 호박, 박, 가
지, 버섯, 고사리, 고비, 도라지, 시래기, 고구마순 등을 잘 말렸다가, 보름이 되면
삶아서 기름에 볶아 먹는다. 특히 한국의 겨울은 몹시 추워서 이런 나물을 먹기
힘든데, 겨울 내내 부족하기 쉬운 영양소를 보충하려는 지혜가 담겨 있다.

農曆1月15日在韓國叫做「JeongWeol DaeBoReum」（元宵節）。
「DaeBoReum」的意思是月亮最大、最亮的一天。在這一天，村子裡所有的
人會聚在一起，為了祈求來年的豐收而祭拜神。那時人們會吃老蔬菜（前一年晚
秋時曬乾的蔬菜）及五穀飯。五穀飯大致是由糯米、糯高粱、紅豆、糯小米、黑
豆等五種材料而煮成。以和五行有關的青、赤、黃、白、黑五種顏色的穀物來做
菜，象徵著健康及均衡。最近的五穀飯還會多添加松子、紅棗、栗子等材料來
煮。在那天，也要以希望未來一年都會有好事的心情吃九種蔬菜。運用晚秋時曬
乾的南瓜、葫蘆、茄子、菇類、蕨菜、薇菜、桔梗、蘿蔔葉乾、地瓜葉等，到了
這天燙過以後用油炒來吃。尤其，韓國的冬天相當寒冷，不容易吃到這些蔬菜，
所以這些將蔬菜曬乾的動作，包含著在冬天時可以吃乾蔬菜補充不足營養的智慧。

附 錄

　　如果喜歡吃韓國菜，應該到韓國嚐試當地的口味。這裡準備了到韓國去吃韓國料理時，在餐廳、家庭能夠運用的禮節及相關對話。也可以參考在韓國點菜時會用到的各式菜單。

① 餐廳的相關對話（預約、點菜、要求、買單）

② 家庭餐桌上的相關禮貌對話（與韓國朋友約時間、去韓國朋友家玩）

③ 韓國用餐禮儀

④ 菜單：韓式、中式、日式、西式

① 餐廳的相關對話
預約、點菜、要求、買單

손님 : 여보세요? 예약하고 싶은데요.　客人：喂？我想預約。

주인 : 네, 언제 예약하실 거예요?　老闆：是，請問要預約什麼時候？

손님 : 수요일 오후 7시에 4명이요.　客人：星期三下午7點4個人。

주인 : 네, 성함이 어떻게 되세요?　老闆：是，您貴姓？

손님 : 이 수미인데요.　客人：李秀美。

주인 : 전화번호 남겨 주시겠어요?　老闆：（方便）留電話號碼嗎？

손님 : 전화 번호는 010-234-5678이에요.
客人：我的聯絡電話是010-234-5678。

주인 : 네, 수요일 오후 7시에 이 수미씨 네 분 예약되셨습니다.
老闆：是，星期三下午7點，李秀美小姐4位，預約好了。

손님 : 네, 감사합니다.　客人：是，謝謝。

주인 : 감사합니다.　老闆：謝謝。

單字 ···

예약 預約	이/가 어떻게 되세요~
~고 싶다 想要~	是什麼（用於請問對方名字或生日、電話號碼等時的禮貌問法）
성함 姓名	전화번호 電話號碼
남기다 留	

2. 주문 하기 點菜

손님 : 여기요, 중국어 메뉴 있어요?
客人：請問（引起別人注意的説法），有中文菜單嗎？

주인 : 죄송합니다. 중국어 메뉴는 없는데요.
老闆：抱歉。沒有中文菜單。

손님 : 그럼, 한국어 메뉴 주세요.　客人：那麼，請給我韓文菜單。

(메뉴를 보고 음식을 고른 후에……)　（看菜單選好菜之後……）

손님 : 여기요, 주문할게요.
客人：不好意思（引起別人注意的説法），我要點菜。

주인 : 네, 뭐 드시겠어요?　老闆：是，請問要吃什麼？

손님 : 비빔밥 하나 하고 김치찌개 하나 주세요.
客人：請給我一份拌飯和一份泡菜鍋。

주인 : 더 필요한 거 있으세요?　老闆：請問還需要什麼嗎？

손님 : 김치찌개는 너무 맵지 않게 해주세요.
客人：泡菜鍋請不要做（煮）太辣。

주인 : 네, 잠시만 기다리세요.　老闆：是，請稍候。

單字 ....

여기요, 저기요, 실례합니다, 실례지만 這是在韓國引起別人注意時用的説法，類似在台灣的 「不好意思」或「先生～、小姐～」的意思 메뉴 菜單	고르다 選 주문하다 點菜 필요하다 需要

3. 요구하기 要求、反應

손님 : 여기, 음식 언제 나와요?　客人 : 這裡（點過的菜）什麼時後出來？

주인 : 오늘 손님이 좀 많아서요. 조금만 더 기다려 주세요.
老闆 : 今天客人很多。請再等一下。

손님 : 벌써 오래 기다렸으니까 빨리 좀 주세요.
客人 : 已經等很久了，請快一點給我。

(음식을 먹으면서……)　（吃著東西……）

손님 : 여기요, 반찬하고 물 좀 더 주세요.
客人 : （引起別人注意的說法）請再給我小菜和水。

주인 : 네, 손님. 그런데 물은 셀프인데요. 앞에서 직접 따라 드시면
　　　 돼요.
老闆 : 是的，客人。不過水是自助式的。請到前面直接倒水就可以了。

손님 : 네, 알겠습니다.　客人 : 知道了。

(음식을 먹은 후에……)　（吃完飯後……）

손님 : 저기요, 여기 화장실이 어디에 있어요?
客人 : 請問（引起別人的說法），洗手間在哪裡？

주인 : 저쪽 입구 오른쪽에 있습니다.　老闆 : 在那邊入口的右邊。

손님 : 네, 알겠습니다.　客人 : 知道了。

單字 ••

언제 什麼時候	직접 自己、直接
나오다 出來	따르다 倒
벌써 已經	드시다 吃（먹다的敬語）
빨리 快點	~(으)면 되다 ～就可以
반찬 小菜	입구 入口
셀프(self) 自助	오른쪽 右邊

4. 계산 하기 買單

손님 : 저기요, 계산은 어디에서 해요?
客人：不好意思（引起別人注意的說法），在哪裡結帳？

주인 : 입구쪽에 가셔서 하시면 됩니다.　老闆：到入口那邊就可以了。

손님 : 얼마예요?　客人：多少錢？

주인 : 비빔밥 하나 하고 김치찌개 하나, 모두 12000원 입니다.
老闆：一份拌飯和一份泡菜鍋，一共12,000韓圜。

손님 : 여기 있어요.　客人：在這裡。

주인 : 네, 여기 거스름돈 8000원 입니다. 또 오세요.
老闆：8,000元找您。歡迎再次光臨。

손님 : 많이 파세요.　客人：祝您生意興隆。

單字 ••

계산 計算、結帳	모두 一共
쪽 邊	거스름 돈 找錢
얼마 多少	

② 家庭餐桌上的相關禮貌對話

與韓國朋友約時間、去韓國朋友家玩

1. 한국인과 약속하기 跟韓國朋友約時間

수미 : 점심시간인데 뭐 먹으러 갈까?
秀美：中餐時間到了，要去吃什麼？

샤오링 : 한국음식 먹자. 나는 한국 음식이면 다 좋아.
小玲：我們吃韓國菜吧。如果是韓國料理我都喜歡。

수미 : 매운 음식도 잘 먹어?　秀美：連辣的菜也很能吃嗎？

샤오링 : 응. 매운 음식도 좋아해.　小玲：嗯。辣的菜也很喜歡。

수미 : 그럼, 학교 근처에 유명한 낙지볶음집에 갈까?
秀美：那麼，我們去學校附近有名的炒章魚餐廳如何？

샤오링 : 그래, 좋아.　小玲：好啊。

(음식을 먹으면서……)　（吃著東西……）

샤오링 : 한국 식당에서 밥 먹으면 여러 가지 반찬을 먹는 게 재미
있어.
小玲：在韓國餐廳吃飯時，可以吃各種小菜很好玩。

수미 : 응, 좋아하는 반찬은 다 먹고 더 달라고 할 수도 있어.
秀美：對，喜歡的小菜，吃完可以再要。

샤오링 : 집에서도 매일 여러 가지 반찬을 먹어?

小玲 : 在家也每天吃各種小菜嗎？

수미 : 응. 밥과 국을 기본으로 하고 찌개하고 반찬도 함께 먹어.

秀美 : 嗯。飯和湯是基本的，再加上鍋類或小菜一起吃。

샤오링 : 나도 한국 친구 집에 가서 집 밥을 한번 먹어 보고 싶어.

小玲 : 我也想去韓國朋友家吃家常菜看看。

수미 : 그래? 그럼, 우리 집에 와. 엄마한테 물어보고 괜찮은 시간을
         알려줄게.

秀美 : 這樣嗎？那麼，來我家吧。我先問媽媽，再告訴你方便的時間。

샤오링 : 정말? 너무 기대된다. 고마워.　　小玲 : 真的嗎？好期待。謝謝。

單字

점심시간 中餐時間	ㄹ/을 수 있다 可以、會
~(으)러 가다 為～而去	매일 每天
~ㄹ/을까요 如何、要不要	밥 飯
~(이)면 如果～的話	국 湯
매운 음식 辣的飲食	찌개 鍋
유명한 有名的	함께 一起
낙지 볶음집 炒章魚餐廳	집 밥 家常菜
여러 가지 各種	한테 對、向
반찬 小菜	물어보다 問看看
재미있다 有趣	괜찮다 沒關係、可以、方便
더 更	알려주다 告訴
달라고 하다 説～要～	기대되다 使～期待

2. 한국인 친구 집에 놀러 가기 去韓國朋友家玩

샤오링 : 여보세요? 민수 씨 있어요?
小玲 : 喂？閔洙先生在嗎？

민수: 네, 전데요. 아, 샤오링 씨예요?
閔洙：是，我就是。啊，是小玲小姐嗎？

샤오링 : 네, 안녕하세요? 제가 내일 수미 집에 점심 초대를 받았어요.
小玲 : 是，你好？我明天被邀請到秀美家吃中餐。

민수 : 아, 그래요?　閔洙：啊，這樣嗎？

샤오링 : 그런데 한국 친구 집에 처음 가니까 모르는게 많아서요.
小玲 : 不過，我第一次去韓國朋友家，所以有很多不懂的很多地方。

민수 : 수미 씨는 누구하고 같이 살아요?
閔洙：秀美小姐跟誰一起住？

샤오링 : 할머니하고, 부모님, 남동생이 있다고 해요.
小玲 : 聽說跟奶奶和父母、弟弟。

單字 •••

내일 明天	누구 誰
초대 邀請	같이 一起
받다 收、接受	살다 住
처음 第一次	할머니 奶奶
(으)니까 因為～所以	부모님 父母親
모르다 不知道	남동생 弟弟
아/어서 因為～所以	

민수 : 그럼 어른이 집에 계시니까 빈 손으로 가지 말고 작은 선물
　　　을 사 가세요. 과일이나 케이크 종류도 좋아요.

閔洙：那麼，因為家裡有長輩，所以不要空手去，買小禮物去。水果或蛋
　　　糕類都好。

샤오링 : 아, 그렇군요. 그리고 또 뭐 주의할 점이 있어요?

小玲：啊，原來如此。還有什麼要注意的地方嗎？

민수 : 친구 집에 가면 어른들께 먼저 인사하세요. 그리고 물건을
　　　드릴 때나 받을 때는 꼭 두 손으로 받도록 하세요.

閔洙：到朋友家的話，要先向長輩打招呼。還有（對長輩）給東西或拿東
　　　西時，一定要用兩手拿。

샤오링 : 식사 할 때는요?

小玲：吃飯的時候呢？

어른 長輩	종류 種類
계시다 在（있다的敬語）	주의하다 注意
빈손 空手	먼저 首先
(으)로 用～來	인사 打招呼
~지 말다 不要～	ㄹ 때 的時候
작은 선물 小禮物	드리다 給（주다的敬語）
과일 水果	두 손 兩手
케이크 蛋糕	도록 得、必須

민수 : 식사를 할 때 어른이 먼저 식사를 시작하시면 그 다음에 식사를 해요. 식사 도중에 자리를 뜨는 것도 예의에 어긋나니까 주의하세요. 식사 후에 어른이 일어나시면 그 다음에 일어나는게 예의랍니다.

閔洙 : 用餐時，長輩先開始用餐之後再吃。在用餐途中離開位子是不禮貌的，要注意。用餐後，長輩離開後再離開才是禮貌的。

샤오링 : 친구 집을 떠날때도 어른들께 먼저 인사를 드리는거 맞죠?

小玲 : 離開朋友家時，也要先向長輩打招呼對吧？

민수 : 네, 맞아요. 식사 전에는 "잘 먹겠습니다."라고 말하고 식사 후에는 "잘 먹었습니다."라는 말을 하는 것도 잊지 마세요.

閔洙 : 是，沒錯。別忘記用餐前要說「我要開動了」，用餐後要說「我吃飽了」喔。

도중 途中	어긋나다 歪	
자리 位子	전 前	
뜨다 離開	잊다 忘記	
예의 禮儀、禮貌		

③ 韓國用餐禮儀

1. 어른과 식사 할 때 어른이 먼저 수저를 든 다음에 아래 사람이
   듭니다.

   與長輩一起用餐時，要等長輩先拿湯匙和筷子後，晚輩才能拿。

2. 숟가락과 젓가락을 한 손에 들지 않습니다. 숟가락이나 젓가락
   을 그릇에 걸치거나 엎어두지 않고 상 위에 놓습니다.

   一隻手不能同時拿著湯匙和筷子。湯匙和筷子不能架在碗上或翻過來
   放，要放在桌上。

3. 밥그릇이나 국그릇을 손으로 들고 먹지 않습니다.

   飯碗或湯碗不會拿在手上吃。

4. 밥과 국물이 있는 음식은 숟가락으로, 다른 반찬은 젓가락으로
   먹습니다.

   飯及湯類的食物要用湯匙舀，其他的小菜則用筷子夾來吃。

5. 밥을 먹을 때 소리를 내지 말고, 수저가 그릇에 부딪히는 소리도
   내지 않습니다.

   吃飯時不可發出聲音，也不可以發出湯匙和筷子碰撞到碗的聲音。

6. 음식물이 입에 있을 때 말을 하지 않습니다.

   嘴裡有食物時不可以講話。

7. 숟가락 바닥을 이로 긁지 않습니다.

   不可以咬湯匙。

8. 수저로 반찬이나 밥을 뒤적거리면 안 좋고, 안 먹는 음식 등을
   골라내지 않습니다.

   不可用湯匙和筷子翻撿菜或飯，也不能將不吃的食物挑出來。

9. 상위에 팔꿈치나 손을 걸쳐 놓지 않습니다.

不可以把手肘、手架或靠在飯桌上。

10. 식사 도중 돌아다니지 않습니다.

用餐時不可以走來走去。

11. 먹는 도중에 수저에 음식이 묻지 않게 하며, 밥을 먹고 난 밥
그릇에 숭늉을 부어 깨끗하게 비웁니다.

用餐時不要讓湯匙和筷子上殘留食物，且用完餐後，要將鍋巴湯倒入
飯碗裡稍微沖洗乾淨。（為了體貼洗碗的人做的動作）

12. 식사 시 다른 사람과 보조를 맞춰 먹고, 어른이 수저를 내려 놓
은 뒤에 따라서 내려 놓도록 합니다.

用餐時要配合其他人用餐的速度來吃，長輩放下湯匙和筷子之後，要
跟著放下來。

13. 음식을 다 먹은 뒤 수저를 처음 위치에 내려놓습니다.

用完餐後，要將湯匙和筷子放回原來的位置。

14. 이쑤시개를 사용할 때 한 손으로 가리고 사용하고 남이 보이지
않게 처리합니다.

用牙籤時，要用一手遮掩起來，使用後的牙籤，要在別人看不到的地
方處理掉。

4 菜單

韓式、中式、日式、西式

1. 한식(분식)메뉴　韓國（麵食）菜單

韓國菜菜單（麵食）：這是韓國大家都喜愛的小吃，代表餐廳有김밥천국（海苔飯卷天國），종로김밥（鍾路海苔飯卷）等，又好吃又便宜，想吃的時後可以隨時到附近的분식집（麵食店）享受美味。

MENU

라면 泡麵	소고기김밥 牛肉海苔飯卷
치즈라면 起司泡麵	치즈김밥 起司海苔飯卷
짬뽕라면 炒碼泡麵	쫄면 勁道麵
만두라면 餃子泡麵	비빔밥 拌飯
떡라면 年糕泡麵	만두 餃子
떡볶이 辣炒年糕	잔치국수 宴會湯麵
라볶이 辣炒麵	순대 韓式米腸；血腸
김밥 海苔飯卷	육개장 辣牛肉絲湯
참치김밥 鮪魚海苔飯卷	
누드김밥 裸體飯卷（外面是飯，裡面包海苔）	

2. 중식 메뉴 中式菜單

　　中華料理店在韓國受到不少男女老幼的喜愛，聽說那些中華料理店的味道屬於四川口味，在台灣吃到的同名料理，味道跟韓國的中華料理店不一樣。讓我們也認識一下，韓國人非常喜愛的中華料理有哪些。

MENU

짜장면 炸醬麵

삼선짜장면 三鮮炸醬麵

짜장밥 炸醬飯

삼선짬뽕 三鮮炒碼麵

짬뽕밥 炒碼飯

짬뽕 炒碼麵（炒蔬菜、海鮮、豬肉，再加上高湯的中式料理）

장피 炒肉兩張皮（兩張皮又稱洋張皮，類似中式的雜菜）

탕수육 糖醋肉

깐풍기 乾烹雞

고추잡채 青椒肉絲

팔보채 八寶菜

3. 일식 요리 日式料理

韓國人也很喜歡日式料理，但比起분식（麵食）或大眾的中華料理，價格會高一些。這裡也整理了韓國人喜歡的日式料理菜單，有機會我們也體驗一下。

MENU

돈가스 炸豬排

우동 烏龍麵

소바 蕎麥麵

스시(초밥) 壽司（醋飯）

사시미 生魚片

카레 咖哩

오꼬노미야끼 大阪燒

야끼소바 炒麵

덴뿌라 天婦羅（炸物）

데리야끼 照燒

오뎅나베 甜不辣鍋

4. 양식 메뉴 西式菜單

　　一般來說，韓國西式料理店的菜單，都是音譯寫成韓語，所以會念韓文的人只要慢慢讀一下，就可以猜出菜名的意思。在許多西式料理中，我們整理了以下幾樣比較常見的菜名給讀者參考。

MENU

바비큐 립 BBQ ribs（烤肋排）　　　　　스테이크 牛排

프렌치 프라이 薯條　　　　　　　　　　파스타 義大利麵

피자 披薩　　　　　　　　　　　　　　샐러드 沙拉

토마토 해물 스파게티 蕃茄海鮮義大利麵　햄버거 漢堡

크림 소스 펜네 奶油筆管麵　　　　　　　핫도그 熱狗

파지타 發吉達（墨西哥烤肉）

國家圖書館出版品預行編目資料

英姬好料理：24道最經典、最好吃、最好做的韓國家常菜 / 裴英姬 著
--初版--臺北市：瑞蘭國際,2014.06
160面；17 x 23公分 --（FUN生活系列；01）
ISBN：978-986-5953-79-9（平裝）
1.韓語 2.讀本 3.食譜

803.28   103009346

FUN生活系列 01

24道最經典×最好吃×最好做的韓國家常菜

英姬好料理

作者｜裴英姬・攝影・採訪｜FUN生活編輯小組・責任編輯｜潘治婷、王愿琦
校對｜裴英姬、潘治婷、王愿琦

封面・版型設計｜余佳憓・內文排版｜余佳憓・印務｜王彥萍

董事長｜張暖彗・社長兼總編輯｜王愿琦・
主編｜王彥萍、葉仲芸・編輯｜潘治婷・美術編輯｜余佳憓
業務部副理｜楊米琪・業務部專員｜林湲洵

出版社｜瑞蘭國際有限公司・地址｜台北市大安區安和路一段104號7樓之1
電話｜(02)2700-4625・傳真｜(02)2700-4622・訂購專線｜(02)2700-4625
劃撥帳號｜19914152 瑞蘭國際有限公司・瑞蘭網路書城｜www.genki-japan.com.tw

總經銷｜聯合發行股份有限公司・電話｜(02)2917-8022、2917-8042
傳真｜(02)2915-6275、2915-7212・印刷｜宗祐印刷有限公司
出版日期｜2014年06月初版1刷・定價｜300元・ISBN｜978-986-5953-79-9